講談社文庫

魔食　味見方同心㈠

豪快クジラの活きづくり

風野真知雄

講談社

目次

主な登場人物

月浦魚之進《つきうらうおのしん》
頼りないが、気の優しい性格。将来が期待されながら何者かに殺された兄・波之進《なみのしん》の跡を継ぎ、味見方同心となる。

おのぶ
八州廻《はっしゅうまわ》り同心・犬飼小源太《いぬかいこげんた》の娘。柔術と薙刀《なぎなた》の免許皆伝。魚之進に嫁いでからは事件の解明に積極的に関わるようになった。

本田伝八《ほんだでんぱち》
魚之進と同じ八丁堀《はっちょうぼり》育ち。魚之進の推薦で、養生所見回りから味見方同心に。学問所や剣術道場にもいっしょに通った親友。

筒井和泉守《つついいずみのかみ》
南町奉行。波之進の跡継ぎとして魚之進を味見方に任命。

安西佐々右衛門《あんざいささえもん》
市中見回り方与力。魚之進の上役。

深海慶三郎《ふかうみけいざぶろう》
久留米《くるめ》藩の江戸詰め重役。魔食会《ましょくかい》のメンバー。

麻次《あさじ》
四谷《よつや》辺りが縄張りの、魚之進が使う岡っ引き。猫好き。

吾作《ごさく》
本田伝八を助ける中間《ちゅうげん》。

魔食　味見方同心㈠

豪快クジラの活きづくり

第一話　化かされそば

一

「ケロケロ……」

月浦魚之進《つきうらうおのしん》の耳元でカエルの鳴き声がしている。

合唱にはなっていない。一匹だけで鳴いている。

カエルの鳴き声はいいものである。田んぼの上を吹き過ぎる風の匂いを感じさせる。八丁堀界隈《はっちょうぼりかいわい》では、郊外ほどにはカエルの鳴き声は聞かれないが、それでもちょっとした池のなかや、細い掘割から、小さな鳴き声が聞こえてくると、一句ひねろうかなという気になったりする。

だが、いまは秋も深まって、カエルが鳴く季節ではない。そろそろ冬眠のための、枕でも探そうかというころである。

「ケロケーロ、ケロケーロ……」

まだ鳴いている。

うっすら目を開けた。

大きな目が、左右にかなり離れている。口が横に長くて、ぱくぱく言っている。なんとも言えない愛嬌がある。

やっぱりカエルだった。

だが、こんな大きな顔のカエルがいるだろうか。もしかしたら、児雷也《じらいや》が乗るガマガエルでもやってきたのか。

「うわっ」

魚之進は、驚いて飛び起きた。

「どうしたの、魚之進さん、そんなにびっくりして」

新妻のおのぶが、目を丸くしている。

「あ、お前だったのか」

「なんだと思ったの？」

「カエルかと思った」

なんて言えるわけがない。たぶん自分では、カエルに似ているとは思っていない。

「いや、夢で悪党を追いかけていて、ちょうど肩に手をかけたところだったもので」

と、嘘《うそ》をついた。

「町方の同心《どうしん》は大変ね。眠っていても、悪党を追いかけるんだから」

おのぶは真面目に同情してくれた。

だが、おのぶの父親だって、八州廻《はっしゅうまわ》りの同心だから、悪党を追いかけ回しているはずなのだが、どうやら悪党の出現は、町方ほど頻繁ではないらしい。

半月前――。

魚之進は、同居していた兄嫁のお静《しず》が実家に帰るという日、二度目の求愛をするつもりだったが、突如、自分の本心に気がついた。しょせん、お静の気持ちは、亡くなった兄の波之進《なみのしん》から離れていないのだ。それより、自分はいつの間にか、カエルによく似た顔の、相当に変わり者であるおのぶのことが、好きになっていたらしい。

それで魚之進は、くるりと身をひるがえし、おのぶに求愛すると、驚いたことに、

「末永くよろしくお願いします」

そう言ってくれたのだった。

生まれてから二十九のこの歳まで、まったく女っけなしで生きてきた。自分でもかわいそうなくらい、女にもてなかった。その自分の求愛が叶えられたのだ。

もっとも、おのぶのほうも似たようなものだったらしい。

「お前みたいな娘でも、嫁にもらってくれる奇特な人はいないものか」

という両親の愚痴は聞き飽きていたという。

それくらいだから、どちらの親も、仏壇のなかの先祖にお百度参りするくらい喜ん

で、話は呆れるくらいの早さで進み、三日後には祝言《しゅうげん》を挙げ、おのぶは猫の仔の受け渡しよりもすばやく、月浦家にやって来たのだった。

それからまだわずかな月日しか経《た》っていないのに、いまやおのぶは、魚之進にとってなによりも大切で、可愛くてたまらない愛妻なのである。

「それで、なんだって？」

と、魚之進は訊《き》いた。おのぶが枕元に座っている理由がわからないのだ。鳴いていたのではなく、なにかしゃべっていたらしい。まさか、やっぱりわたしはこの家で嫁としてやっていくのは無理だから、離縁してくれなどと言い出すのではないだろうか。

「なんだってじゃないでしょ。奉行所に行く刻限でしょ」

おのぶは呆れた口調で言った。

「今日は非番じゃなかったっけ？」

「非番は昨日。でも、仕事があるって出て行ったのよ」

「あ、そうだった」

魚之進は慌てて飛び起きた。

二

南町奉行所に向かって足早に歩いていると、楓川《かえで》に架かる弾正橋《だんじょう》のたもとで、同僚である本田伝八《ほんだでんぱち》と行き会った。

「よう、本田」

「よう、魚之進」

幼なじみでもある本田は、数ヵ月前まで小石川《こいしかわ》養生所の見回り役だったが、魚之進の推薦で、二人目の味見方同心となった。

味見方というのは、将軍徳川家斉《いえなり》の信頼が厚い旗本・中野石翁《なかのせきおう》の提案でつくられた、江戸の食全般に関する事件を扱う隠密《おんみつ》同心の部署で、兄の波之進が任命され、その殉職後、しばらくは跡を継いだ魚之進一人が担当していたが、かなり忙しいこともあって、人員を増やしてもらったのだった。呼び名から誤解されがちだが、決して食べ歩きの部署などではない。

「お前のおかげで、おれは生き返ることができたのだ」

と、本田はこっちが恐縮するくらい感謝してくれたが、もともと本田は料理を道楽にしていて、味見方の仕事はぴったりのはずなのだ。

「よう、昨日はすまなかったな」

と、本田は言った。

昨日、非番にもかかわらず仕事に出たのは、本田から、「怪しい酒問屋があって、そこの酒の出入りを見張りたいので手伝ってくれ」と頼まれ、結局、酒の出入りはなく、無駄足となったのだった。

「なあに、味見方の仕事はあんなことばかりだよ」

「それはそうだろうが」

「でも、たしかにあの店は怪しい感じがしたよ」

「だろう」

本田は鼻をふくらませて言った。

そこは、霊岸島新川《れいがんじましんかわ》沿いにある〈佐倉屋《さくらや》〉という中堅どころの酒問屋だった。

新川には、酒問屋がずらりと軒《のき》を並べているが、佐倉屋は他店と違って、灘《なだ》や伏見《ふしみ》などの上方の酒は扱わず、四国や九州の無名の酒屋との取り引きを主にしているらしい。だが、そこで近ごろ、恐ろしく高価な南蛮酒を扱い出したというのである。

そういう贅沢《ぜいたく》品の輸入は、幕府の好むものではない。

本田がその話をどこで摑《つか》んだかというと、たまたま行き会った酔っ払いが、

「南蛮の酒はうまいが、きついなあ。一杯、二百文（四、五千円）も取るしなあ」

と言っていたことがきっかけだった。そこから内偵を始め、ようやく佐倉屋まで行きついたのだ。

「おれも早く、お前みたいに手柄を立てたくてな」

本田はため息とともに言った。

「焦《あせ》るな、焦るな。手柄なんてものは、立てようとして立てられるものじゃないんだ。あれは運とまぐれも関わるものだからな」

と、魚之進は本田の肩を叩《たた》いた。

亡くなった兄の後釜で味見方の隠密同心となり、運とまぐれにも恵まれて、自分でも驚くくらい数々の手柄を立て、奉行所における信頼も、ずいぶんと勝ち得てきた。

といって、いまの魚之進が自信満々で仕事をしているかというと、まったくそんなことはない。幼いころから染みついた、優秀な兄・波之進に対する劣等意識というのは、そうかんたんに拭い去られるものではない。

「そう言われてもなあ。いまのおれには、手柄を立てることしか、目標がないんだよ。なんせ、碧《みどり》ちゃんは、国許《くにもと》へ帰ってしまうし」

と、本田は愚痴った。

「そうだったな」

碧というのは、将軍暗殺を画策していた北大路魯明庵《きたおおじろめいあん》という悪党のやっていた店で、なにも知らずに働いていた素朴な田舎《いなか》娘だった。もともと惚《ほ》れっぽい本田のことだから、すっかり岡惚れしていて、ずいぶん気軽に口をきく間柄までにはなったのだが、碧はやはり江戸の暮らしには合わなかったらしく、つい十日ほど前、本田にも別れの挨拶をして、国許に帰ってしまったのだった。

「そりゃ、お前はいいよ。おのぶちゃんという、可愛い嫁が見つかったんだから」

「ま、そう言うな。おのぶだって、一度は京都に行ってしまったりして、まさかこんなことになるとは夢にも思わなかったんだ。お前だって、どうなるかわからないぞ。碧ちゃんが、また、江戸に出て来ないとも限らないんだからな」

「そりゃそうだな」

「出て来ても、お前に惚れるとは限らないけど」

「おい」

「でも、おいらより、お前のほうが、女にもてるのはたしかだ」

「そうかなあ。おれも、お前に嫁が来るまでは、そう思っていたけど、いまやその自信もなくなってしまったよ」

本田は、魚之進に先を越されたのが、駆け比べで、ナメクジに負けたカメくらいの衝撃だったらしい。

「おいらたち二人は、仲間うちでも屈指のもてなさだったよな」

と、魚之進が言った。

「ああ、それは認めざるを得ないな」

「見た目のほうは、まあ、どっこいどっこいだよな」

「やや、おれが上のような気はするがな」

本田は、自信をちらつかせて言った。

「だが、お前はおいらより、ずっと図々しい」

「図々しいというのは、語弊があるだろうよ」

「女に馴れ馴れしい」

「まあ、うちは姉ばかりだから、女に臆するところはないかもな」

「それって、大変な強みだと思うぞ」

「そうかね」

「おいらなんか、気後《きおく》れして、ろくに声もかけられなかったんだからな」

「お前、そういう言い方にも、なんか余裕が生まれてるよな」

本田は魚之進をじろじろ見ながら言った。

「余裕が？」

「ああ。以前はそんなふうに、自分を冷静に見つめることもできなかったぞ」

「そうかねえ」

「やだなあ。女に自信がついたやつって」

いまの本田には、なにを言ってもひがまれるみたいである。

三

二人は数寄屋《すきや》橋を渡って、南町奉行所の前までやって来た。

奉行所前の広場に、訴えの者たちに混じって、岡っ引きの麻次《あさじ》がいて、

「旦那」

と、声をかけてきた。

麻次は、兄の波之進が使っていた岡っ引きで、強面《こわもて》でもなければ、江戸の暗黒街に精通するというほどでもないが、地道な調査でじわじわと相手を追い詰めるというの

が得意である。

家では何匹もの猫を飼っているらしく、いつも着物に猫の毛をつけている。そこでついた仇名《あだな》は〈にゃんこの麻次〉。今日も、肩先や袂《たもと》に、猫の白い毛や黒い毛をべったりくっつけていた。

本田は、中間《ちゅうげん》の吾作《ごさく》と打ち合わせがあるとかで、さっさとなかへ入って行った。

「お、麻次、どうした、早いな？」

いつもだったら、同心部屋での会議のあと、そろそろ外回りに出ようというころに、やって来るのである。

「じつは、妙な話を聞き込みましてね」

「ほう」

「化《ば》かされそばっていうんです」

「どんなそばだい？」

一瞬、食欲が湧いた。

「深川《ふかがわ》の海辺橋《うみべ》のたもとに出ていた屋台の店なんですが、うどんを頼んだのが、食っているうちに、いつの間にか、そばになっていたというんです」

「なんだ、そりゃ？」

「そのうどんやそばが、この世のものとは思えないくらい、うまかったんだとか」

「この世のものとは思えない……」

亡くなった兄が、初めて食べたケイクというもののうまさを伝えたときも、そう言っていた。だが、うどんやそばが、はたしてそこまでうまくなるものだろうか。

「しかも、おやじだったはずの店の者が、いつの間にか、きれいな女になっていたというんです」

「キツネだってか？」

江戸ではこの手の話が、一晩で二、三十件ほどは、噂《うわさ》になっている。

「ただのキツネじゃありません。そいつが家に帰ると、巾着《きんちゃく》から持っていた銭がぜんぶなくなっていたんです。南鐐《なんりょう》（二朱銀）も何枚か入っていたそうです」

「そりゃあ、キツネじゃないな」

キツネなら、化かしはしても、金は奪わない。キツネが金を持っても、葉っぱに変えるくらいで、あまり役には立たないはずなのだ。

「それに、食っていたのは、キツネうどんではなく、天ぷらうどんだったそうです」

「それはくだらないな」

魚之進は苦笑して言った。

だが、そのうどんやそばがこの世のものとは思えないほどうまかったと聞くと、俄《が》然《ぜん》、興味が湧く。

「美味の傍《そば》には悪がある」

とは、亡くなった兄貴の最後の言葉だった。

「新手のスリですかね」

「そうだな。まずは現地に行ってみてだ」

同心部屋での会議を終えると、麻次とともに深川に向かった。

海辺橋は、その名から海の近くにあるみたいだが、海からはだいぶ遠い。名前からして、いかにも人を騙《だま》しそうである。

ただ、魚之進のような発句《ほっく》好きには、ここは特別な場所でもある。かつて、この橋のたもとに、〈採茶庵《さいとあん》〉と名づけた松尾芭蕉《まつおばしょう》の庵《いおり》があって、ここからあの〈おくのほそ道〉の旅に出発したとされている。

だが、いまや採茶庵の跡はなにもなく、そのころより鄙《ひな》びてしまったかもしれない。

下を流れるのは仙台堀《せんだいぼり》。水辺までは、草が生い茂っていて、キツネが出てもなんの不思議もない。だいたいが、江戸では、キツネやタヌキなど、化かす化かさないは別にして、どこにでも棲《す》んでいるのだ。

橋の両側は、武家地と寺社地、町人地の境目みたいになっている。

昼間は、仙台堀に架かる橋がそう多くないので、それなりに人通りはあるが、夜ともなれば、ずいぶん静かなところだろう。

通りかかった棒手振《ぼてふ》りの男に訊いてみた。

「ここに妙なそば屋が出たと聞いたのだがな？」

「ああ、はい。化かされそばでしょ。評判ですよ。ここらじゃ、もう知らない者はいないくらいです」

「そば屋は、そのあとも出たのか？」

「いやあ、その一晩だけですよ」

「そうなのか」

「だいたいあんなとこに夜鳴きそば屋が出てるのなんて、見たことないですよ。それ自体が怪しいくらいだから、食うやつもどうかしてたんでしょう」

「正体についてはどう言ってるんだ？」

「そりゃあ、キツネのしわざに決まってるでしょう」

「そうなのか」

「だいたい、人を騙《だま》すような性質《たち》の良くないキツネは、本所《ほんじょ》から来るんですよ。あっちは、原っぱもそこらじゅうにありますからね」

本所と深川の町人同士というのは、妙な対抗意識があるのだ。

ほかに、近所のおかみさんや、手習いの帰りの少年にも訊いたが、化かされそばのことはやはり知っていたが、少年はキツネのしわざではなく、

「魔物のしわざだよ」

と、言った。

「魔物ってどういうんだ？」

「おいらが思うに、たぶん、あの世からやって来る鬼みたいなやつだよ」

「ほう」

「だから、夕方になったら、外に出ちゃ駄目だって」

親から、きつくそう言われているとのことだった。

「どういうんですかね？」

橋の上から周囲を見回して、麻次は言った。

「キツネでも魔物でもないよな」

魚之進は断言した。

「ということは？」

「仕掛けがあるに決まっている。しかも、そんなに難しい仕掛けではないと思うぞ」

「そうですか」

「うどんをそばにすることなんて、そう難しくない。減らしたそばのどんぶりと素早く取り換えるくらいは、ちょっと器用なら、かんたんなことだろう」

「あっしでもそれくらいは」

「おやじが女になるのだって、そこらの木陰とかに隠れていて、すばやく入れ替わればいいだけだ」

たもとには、桜の古木もある。

「やれますね」

「それで、びっくりしている隙《すき》に、おやじが客のふりをして隣に来て、巾着の中身を抜き取ったというのはどうだい？」

「なるほどね」

「ましてや、相手が酔っ払いだったら、なおさらだよな」

「ですよね」

「むしろ、問題は、巾着の中身が狙いだったら、なんでそんな手の込んだことをしなくちゃならないかだよ」

「たしかに」

「腕のいいスリなら、食ってるわきから巾着を抜き取ってしまえばいいだけだろう。なにもうどんがそばになったり、おやじが女になったりする必要はないんだよな」

そう言って、魚之進は首をひねった。

四

「まずは、巾着を盗まれたやつの話を訊いてみよう」

と、深川万年町《まんねんちょう》の番屋に顔を出してみた。

魚之進は、ちらりと十手《じって》を見せて、

「化かされそばの件で訊きたいんだがな」

と、言うと、

「え、もう、調べに入ったんですか？」

町役人が驚いて訊いた。

「もうって、いつあったんだ？」

「四日ほど前ですかね」

「ここらじゃ評判なんだろう？」

「そりゃあ、もう。暮れ六つ過ぎると、ぱたりと人の通りはなくなりましたからね。でも、町方の旦那がわざわざ動くほどのことですかね。盗まれた男も、いちおう届けはしたけど、化かされたのは信心《しんじん》が足りなかったと思って諦《あきら》めると言ってたみたいですよ」

　届け出を受けたのは、別の町役人で、今日は来ていないらしい。

「そこは勘《かん》というやつでな。小さな事件の陰に、意外に大きな悪事が隠れていたりするものなのさ」

「ははあ」

「それで、その男の住まいを教えてくれ。直接、話を訊いてみたいのだ」

「わかりました」

　と、町役人は日誌をめくって、

「ええと、万金寺門前町《まんきんじもんぜんまち》の弁助《べんすけ》長屋の佐蔵《さぞう》という人ですね」

「ありがとうよ」

　魚之進と麻次は、その万金寺の門前にやって来た。大きな寺院で、正門の両脇が、仏具屋や長屋が並ぶ門前町になっていた。門前町の管轄は寺社方になるが、話を訊くくらいは、たいして問題にはならない。だが、いちおう魚之進ではなく、岡っ引きの麻次が訊ねることにして、

「ここらに弁助長屋というのはあるかい？」

　と、仏具屋のあるじに訊いた。

「ああ、うちの路地を入った奥ですよ」

「弁助というのは、あんたか？」

「いや、違います。家主はうちですが、弁助さんに大家を頼んでましてね。いちばん奥のお稲荷《いなり》さんの前が、弁助さんの家です」

　大家というのはけっこう手間がかかる仕事なので、人を雇って管理を任せている家主は少なくないのだ。

　長屋は立派とは言えないが、棟割《むねわり》長屋が二棟並んでいる。間取りは九尺《しやく》二間《けん》だろう。一棟に十四世帯、ぜんぶで二十八世帯。これだけ店子《たなこ》がいると、雑用も多くなっていそうである。

「ごめんよ」

麻次が訊《き》いた。声をかけると、

「なんだい？」

返事をしたのは、頭は磨《みが》いたように毛が少なくなっているが、いかにも機敏そうな五十半ばほどの男だった。

「大家の弁助かい？」

麻次は十手を見せた。

「ええ、弁助ですが」

弁助は眉をひそめた。十手を見せられて、笑顔になるやつは、悪党に捕まっているやつくらいである。

「この長屋に佐蔵って男がいるよな？」

「佐蔵？　いや、うちじゃありませんね」

「万年町の番屋で聞いてきたんだ。万金寺門前町弁助長屋の佐蔵って」

「あたしは十五年ほど、前の仏具屋さんに頼まれて大家をしてますが、佐蔵って男は覚えがありませんね。その人はなにをしでかしたので？」

「しでかしたというほどおおげさなこっちゃねえ。海辺橋のたもとに出ていた化かされそばってのに引っかかって、巾着の中身を盗られちまったのさ」

「ははあ。その化かされそばの噂は聞きました。気味悪い話ですよね。ここらの連中も、夜はあの橋は通らないって言ってますよ。でも、うちの長屋の店子が騙されたって話は聞きません」

「そうか」

麻次は、後ろにいた魚之進を見た。

「すまんな。なにか誤解があったみたいだ。邪魔したな」

魚之進は大家にそう言うと、万年町の番屋に引き返すことにした。

さっきの町役人に、魚之進が大家の弁助の話を伝えると、

「そうなので……おかしいですなあ。とても嘘をつくような男には見えなかったんですがね」

と、もう一度、日誌をめくりながら言った。

「どんな男だったんだ？」

「きちんとした身なりでしたよ。あれは、大店の手代でしょう。もう少し歳がいけば、番頭かと思ったかもしれませんが、まだ三十半ばくらいでしたからね」

「だいぶ、酔っていたんだろう？」

「いいえ。おそらく酒は飲んでいなかったと思いますよ」

「そうなのか」

てっきり、酔ったあとのしめのそばと、思い込んでしまったのだ。

「いかにも、そろばんが合わずに遅くなったというふうでした」

「ふうむ」

「真面目そうでね。また、ああいう真面目そうな人が、キツネには騙されやすいんですよねえ」

「キツネとは限らねえよ」

「それに、見たことがある人でしたし」

「見たことがある？」

「ええ。だから、このあたりに住んでいるのは、間違いないと思うんですがねえ」

「じゃあ、佐蔵って名前の男が住む家はわかるかい？」

「佐蔵ですね」

と、町役人は、名簿をめくったが、

「万年町にはいないですね」

「そうか」

魚之進は、佐蔵探しを諦め、礼を言って番屋の外に出た。

「すみません。なんだか、わからない話で引っ張り回しちまって」

と、麻次は詫びた。

「そんなことはかまわないさ。だが、こうなると、巾着を取られたというのも、ほんとかどうかはわからないよな」

「だったら、ただの人騒がせですか？」

「どうだろうな」

魚之進は首をひねった。

狂言だとすると、そば屋の屋台に加えて、おやじだの、いい女だの、そして盗まれた真面目そうなやつまで用意する必要がある。

そこまでしてやるほどの狂言だろうか。だったら、最後は九尾《きゅうび》のキツネの張りぼてでも出して、周囲を飛び回らせるくらいのことはしてもらいたい。

だが、これ以上の探索も難しそうだった。

五

この日はそれから富ヶ岡八幡《とみおかはちまん》周辺の食いもの屋を見て回り、いったん奉行所にもどって、この四、五日のあいだ怠っていた日誌を書き上げると、五つ（夜八時）近くになっていた。

すでに同心部屋には誰もいない。もちろん、夜の事件に備えて、宿直の同心たちは何人も泊まり込んでいるが、皆、奥の宿直部屋のほうへ行ってしまっている。

——腹が減ったな。

途中で屋台のそばでもかっこんで帰りたいが、やっぱりおのぶの手料理が食べたい。お静ほど上手ではないが、おのぶのつくるものには、なんか独特の愛嬌みたいなものが感じられるのだ。

玄関まで出たとき、

「お、月浦、まだおったのか」

南町奉行の筒井和泉守《つついいずみのかみ》が外出先からもどって来た。

「遅くまで、お疲れさまにございます」

「なあに、今宵《こよい》は遊びみたいなものだ。ちと、珍しい酒を飲んだので、だいぶ酔いが回ったみたいだ」

筒井は機嫌良さそうに言った。

「珍しい酒ですか？」

そういえば、奉行の息から、嗅《か》いだことのない、不思議な酒の匂いが漂ってくる。

「南蛮の酒でな」

「葡萄酒《ぶどうしゅ》ですか？」

「違う。いくつか混ぜ合わせるが、葡萄酒は入ってないらしい」

「そうなので」

「高価な酒でな。一杯、二百文もするらしい」

「一杯、二百文……」

本田もそんな話をしていた。

「味見方としては、調べたくなるよな」

「いや、まあ」

「新川の佐倉屋という酒問屋が、ちゃんと届け出もして入れている酒でな。怪しいものではない」

「はあ」

やはり、本田が目をつけた酒だったが、その佐倉屋を見張っていたとは言いにくい。

「料亭あたりで、そんな酒を出すのですか？」

「うむ。今日、招待されたのは、札差《ふださし》の別宅だがな、大店《おおだな》のあるじや、学者などがつくっている〈魔食会《ましょくかい》〉という集まりなのさ」

「魔食会……」

その会の人たちは、たぶん、貧しい者への炊《た》き出しなどはやっていない。

「味覚には、甘味だの塩味、渋味、辛味、旨味などがあるが、まだまだ謎の味覚があるというのが連中の考えることで、それを魔味《まみ》と称しておるわけさ」

「魔味とは面白い呼び名ですね」

珍味という言葉はあるが、それとどう違うのかはわからない。

「うむ。その魔味を追求しようというのが魔食会だよ。ご老中なども会員に名を連ねておる」

「お奉行も？」

「うむ。誘われてしまったのでな。まあ、ご老中までいるのでは、断るわけにはいかぬだろうな」

「そうでしたか」

「なかなか面白い人物が何人もおってな。とにかく、なんでも食ってみる者や、魔味を求めて、蝦夷《えぞ》や離れ小島にまで出かけて行く者など、豪傑も多い」

「ははあ」

「機会があれば、そなたも顔を出せるようにしてやろう」

「いやいや、わたしなどは」

そんな偉い人たちの集まりなどに顔を出しても、緊張して味などわからなくなるだけである。

「では、これで」

と、逃げるように退散した。

魚之進はその帰りに、本田の役宅に立ち寄った。

本田は今宵も離れのほうにいて、自分でつくった鍋料理みたいなものをたらふく食べ終えたところらしく、空の鍋の前に横になっていた。鍋の底には、ヤドカリの貝みたいなものや、藁《わら》みたいなものが残っていて、あまりうまそうだったようには見えない。

「おい、佐倉屋の調べは止《や》めだ」

魚之進がそう言うと、

「なんでだよ。おれの、第一番手柄になるものだぞ。これは、いくらお前に世話になっていても譲らないからな」

本田は憤然とした。

「譲らなくていいよ」

「じゃあ、なんでだよ？」

「手柄にはならないのさ」

「え？」

「それどころか、お前の立場も悪くなる」

「どういうこと？」

魚之進は、奉行の話を伝えると、

「なんてこった」

本田は頭を抱えた。

「だから、探ってもなんら悪事も悪党も出てこないってわけさ」

「お奉行やご老中まで関わっているんじゃな」

「魔食ってのは、おいらもちょっと気になるところなんだけどな」

「じゃあ、お前が探れよ。魔食会もどんどん突っ込めよ。おれは、逆に調べなかったことで、手柄にしてもらうから」

本田はヤケクソみたいに言った。

「そりゃあ、たいした手柄だ」

魚之進は呆れて笑うしかない。

六

五つも半ば過ぎに、八丁堀の役宅に帰った。

魚之進は、刀や十手をおのぶに預け、着替えを終えると、

「腹が減った。なんか食うものはあるかい？」

と、訊いた。湯屋にも行きたいが、空腹が先である。近所の湯屋はけっこう遅くまでやってくれている。

「あるけど、今日もうどんなんだけど」

「ああ、いいよ。近ごろ、飯より麺のほうが好きになってきたから」

「お父さまもそうおっしゃってたわ」

おのぶは嬉しそうに言った。

おのぶは、とにかく長いものが好きなのだ。絵師をめざしていて、題材にはヘビやウナギなどばかり選んでいた。龍の絵を学びたくて、一年間、京都で勉強したりもした。

食いものも、そばやうどん、長ネギやゴボウなどが好きで、長くないものも、細切りにしたがる。

また、おのぶのつくるうどんはうまいのである。とくに、あぶらげを細く刻んだやつと、長ネギも細切りにして、それとワカメ——これは細切りではないが、それをたっぷりのせたうどんのうまいことと言ったら！　米の飯が無くなっても平気だと思えるくらいなのだ。

だが、それでは幕府も百姓も困るだろうから、米の飯を食わなければならないのが、宮仕えの辛いところである。

今宵も手早くつくって出してくれた、そのうどんをかっ込んでいると、

「いま、どんなことで動いているの？」

と、おのぶが訊いてきた。

「うん。化かされそばの件」

「なに、それ。知りたい」

「どうしようかな」

ちょっとだけ考えた。もちろん本来は、家族にも調べのことは言うべきではない。が、八丁堀の住人というのは、代々、町方に勤める家柄で、家族も町方みたいなものなのである。それに、兄の波之進も、お静には適当に調べのことを洩《も》らしていたし、だからこそ暗殺の下手人を追う手がかりを家族に残すことになったのだ。

魚之進は、いちおう改まった顔で、

「他言《たごん》は駄目だぞ」

「もちろんだよ」

今日わかったことは、すべて語って聞かせた。

「面白いね」

「そうか」

「それに魚之進さんの謎解きもお見事。あたしもキツネのしわざだなんて、馬鹿々々しいと思う」

「………」

おのぶに褒められて嬉しい。

「でも、この世のものとは思えないくらいうまいうどんやそばって、どういうんだろうね」

「そうなんだよ。おいらは、このうどんも無茶苦茶うまいと思うけど、やっぱりこの世のうまさだよな」

「だって、なにも変わったものは使ってないもの」

「だよな」

「たかがうどんやそばを、そこまでおいしくすることなんてできるのかしら」

「まったくだ」

「それと、問題は、なぜ、そんなことをしたかだよね」

おのぶは勘がいい。

「そうなのさ」

「そこを夜、誰にも通らせたくなかったからってのは？」

「通らせないためか」

それは魚之進も当然、考えた。

「そのあたりで、押し込みとか泥棒はなかった？」

いい推理である。

「うん。なかったはずだな。番屋ではなにも言ってないし、だいたい、海辺橋の近くには押し込みだのが狙うほどの大店はなかったぞ」

「そうなの」

「しかも、あそこらはもともと、夜は人けがなくなるし、真夜中にもなれば、そんな噂がなくても、通る人はいなくなるんだ」

「そうなのね。海辺橋かあ」

と、おのぶはつぶやいた。

「知ってるの？」

「うん。あそこらは、うなぎがよく釣れるから、何度も行ったことがあるよ。そうかあ、あのあたりかあ」

おのぶは景色を思い出そうとしているらしい。

なんとなく怪しい気配がある。

——まさか、行くつもりか。

と、魚之進は思って、

「おい、行ったりするなよ」

釘《くぎ》を刺した。

「どうして？」

「なにがあるかわからないだろうが」

「なにがって？」

「悪党にさらわれたり」

おのぶはちょっと俯《うつむ》いてから、

「魚之進さん。あたしの腕前、知ってるよね」

と、つぶやくように言った。

「それは知ってるけど」

おのぶは柔術と薙刀《なぎなた》の免許皆伝で、大の男を軽々と池に投げ込んだのも見たことがある。嫁入り道具には、かなり使い込んだ薙刀だけでなく、鉄でできた、穴の開いていない煙管《キセル》とか、やはり鉄でできた扇、鎖でできた小手などもあった。ほとんど武者修行か、やくざの殴り込みである。

まともに戦うと、たぶん、いや確実に、魚之進は負ける。

「それでも、駄目だ」

魚之進は、亭主の威厳を込めて言った……つもりだが、「駄目だ」が、「飴《あめ》だ」になってしまって、おのぶは噴き出しそうになるのを、必死で我慢していた。

七

その翌々日である――。

朝、奉行所に行くと、顔を合わせるとすぐ、本田が、

「昨日は一日、麻布《あざぶ》から三田《みた》にかけて回って来たんだがな、変なそば屋が出たらしいぞ」

と、言った。

「え？」

「あそこらじゃ、化かされそばとか噂してるんだが、二《に》ノ橋のたもとに出ていた屋台の店なんだ。奇妙なことに、うどんを頼んだはずなのに、いつの間にかそばになっていたというんだ」

「それで、おやじがいつの間にか、きれいな女に変わったというんだろう」

「あれ？　なんで知ってるんだ？」

「深川にも出たんだよ。一昨日《おととい》はその件を調べていたんだ」

もっとも、たいした事件とも思えなかったので、もうそれっきりにして、昨日は別

件で動いていたのだった。

「そうなのか」

「麻布の話はいつのことだ？」

「四、五日前らしいな」

「とすると、深川のほうが一日くらい早かったかもな」

「じゃあ、この件はお前に譲るよ」

と、本田は言った。

「譲らなくてもいいよ。お前はお前でやってみろよ」

「なんでだよ」

「だって、新川の酒問屋の調べは、もうなくなっただろうが」

「いや、もう一件、別に睨《にら》みをつけたのがあるんだ」

「なに？」

「それはまだ言えないよ」

変に勿体《もったい》をつけている。

「ふうん」

「それに、麻布のキツネというのは、なんか嫌だから。おれ、子どものころ、あのあたりでキツネの嫁入りを見たことがあるんだ」

本田は顔をしかめながら言った。

「天気雨のほうか？」

晴れた日に雨が降ってくることも、「キツネの嫁入り」と呼んだりする。

「そっちじゃねえ。ゾッとするような緑色の火が、点々とつづいていたんだよ。あれは、善福寺《ぜんぷくじ》あたりの坂道だったよ。以来、麻布には夜、あんまり行きたくないんだよなあ」

そう言って、本田はブルブルッと肩を震わせた。

どうやら、こっちが本心らしい。

「じゃあ、おいらが深川のほうといっしょに調べることにするよ」

「そうですか、麻布でもねえ」

と、麻次が言った。

「こうなると、やっぱり調べないわけにはいかないよな」

麻次とともに魚之進は、麻布に向かった。

二ノ橋に近い東町《ひがしまち》の番屋で訊くと、

「その人は、善福寺門前町の太兵衛《たへえ》長屋に住む茂吉《もきち》という男です」

町役人は言った。

行ってみると、太兵衛長屋はあったが、茂吉という店子はいない。これも深川といっしょである。

番屋にもどると、

「そりゃあ、おかしいですね。嘘なんかつきそうな人じゃなかったですけどね。いかにも真面目そうで」

町役人は不思議そうに言った。それも、深川と同じである。

真面目そうな連中が、いったいなんのために怪《あや》かし騒ぎを起こしているのか。

「ここらで、押し込みとか盗みとかいったようなことはなかったかい？」

魚之進は、おのぶが言っていたことも訊いてみた。

「いやあ、起きてませんね」

「起きたけど、まだ発覚してないってこともないとは言えないぜ」

「そういえば、大名家では、盗みに入られたことも、外聞が悪いというのでないしょにするらしいですね」

「まあな」

大名屋敷を狙ったねずみ小僧は、それで味をしめたという話もある。

だが、こんな狂言などしなくても、とりあえず塀を乗り越えるくらいは、やれるはずである。

魚之進はしばし考えて、

「その茂吉が食っているとき、ほかの客はいなかったのかね？」

と、訊いた。

「あ、いました。そいつは、茂吉当人より、化かされそばだと騒いでましたから」

「いたか。そいつの名前は？」

「すぐそっちで、畳《たたみ》屋をしている梅吉《うめきち》って男です」

番屋を飛び出して、畳屋に来た。

「梅吉は？」

「あっしですけど？」

畳に水を吹きかけていた四十くらいの男が、自分を指差した。

今度はほんとにいた。

「あんた、化かされそばを食ったんだって？」

魚之進は、十手をちらりと見せて訊いた。

「ええ。でも、あっしは、金は抜かれませんでしたぜ。もう一人の野郎は、いつの間にか着物の脇腹のところを破かれ、巾着の中身を盗まれたらしいんですが」

「脇腹のところが破かれた？」

それは、深川の化かされそばではなかったことである。

「いかにも獣《けもの》が爪《つめ》で引っかいたみたいになっていたそうですぜ」

「へえ。それで、あんたのうどんも、そばに変わったのか？」

「いや、あっしは最初からそばを頼んでいたんでね」

「うどんにはならなかったんだ？」

「ええ。食い終わるまでそばでしたよ」

「おやじがきれいな女に変わったってのは？」

「それは本当です。いま、思えば、あれはキツネ以外の何者でもありませんぜ」

「そうなのか」

「なんか、つんと気取った感じでね。それで、髷《まげ》は結《ゆ》っておらず、髪は後ろで、こう束ねただけでね、それがいかにもキツネの尻尾《しっぽ》ふうでしたよ」

「ふうん」

「キツネそばなんか頼まなくてよかったですよ」

梅吉は真面目な顔で言った。キツネそばを頼んでいたら、どうなっていたというのだろう。

「それで、そのそばは、この世のものとは思えねえくらい、うまかったんだって？」

と、魚之進は訊いた。

「いやあ、ふつうでしたよ」

「ふつう？」

「というより、いつも来ていたそば屋のほうがずっとうまかったです。あの変なそば屋が出たせいで、近ごろ、そこの橋のたもとんとこには来なくなっちまいましたがね」

「え？」

魚之進は、麻次を見た。

「もしかしたら、流行《はや》ってるそば屋の足を引っ張ったってことですかね」

と、麻次は言った。

「いや、別に足なんざ引っ張っちゃいねえでしょう」

畳屋が言った。

「なんでだ？」

と、麻次は訊いた。

「だって、そのうまいそば屋は道順を変えただけでしてね、そっちの角のところで屋台をとめるようにしたんですが、前よりも繁盛しているみたいですぜ」

「そうなのか」

「そのあとも、化かされそばは出たのかい？」

と、魚之進が訊いた。

「いや、いっぺんきりです。それがまた薄気味悪くてね。あっしが思うに、たぶん広《ひろ》尾《お》ヶ原《はら》のキツネの家族のしわざでしょうね」

畳屋はそう言って、肩をすくめた。

八

魚之進は蒲団《ふとん》のなかで考えあぐねている。

今日も深川と麻布に行きたかったが、音羽《おとわ》の護国寺《ごこくじ》の前に変な臭いのするそばを出している店があるという報せがあり、麻次とともにそっちへ向かった。

たしかに、店に入ったときから変な臭いがしていた。

「なんだ、この臭いは？」

魚之進が訊ねると、店主は自慢げに、

「うちのそばは、ドクダミを混ぜ込み、ヨモギとニラでダシを取る薬草そばなんです」

と、言った。

聞いただけでも気持ち悪くて、そんなものを食う者がいるのかと首をかしげたが、護国寺に参拝に来る年寄りからは、

「腹詰まりに素晴らしく効く」

と、評判らしい。

それは、腹詰まりが治るのではなく、下痢をしているのではないかとも思えたが、材料を調べ、つくるところを見ても、毒は入っていないので、商売を差し止めるようなことはせず、

「ただし、うちのそばは臭いますとか書いて、貼っておくように」

とだけ注意して帰ってきた。

そんなわけで、今日は化かされそばの実地検分はできなかった。

だが、つらつら考えるに、やはりあの二ヵ所の化かされそばは、あの通り、もしくは近辺に人を近づかせたくなくてやったことではないだろうか。そう考えるのが、いちばん自然なのだ。

とすると、なにか人目を避けたいことをしているやつがいたのである。

だが、押し込みなどがあったようすもない。

——こうなると、三度目の化かされそばの出現を待つしかないのか……。

情けない話である。

「ふう」

思わずため息をつくと、

「悩んでる？」

横でおのぶが訊いた。

「ああ」

魚之進は、見栄を張ったりはしない。

「化かされそばの件？」

「そう」

「ねえ。あたしも見に行っちゃ駄目？」

「ううむ……」

しばし迷い、

「昼間ならいいけど」

と、言った。じつは、おのぶの意見も聞いてみたくなっていた。

「昼間ならよかったんだ。ごめんなさい。じつは、今日の昼、行って来ちゃった」

「え」

「悪いかなあと思ったけど、ちょっとでも手助けできたらと思って」

「そうだったのか」

「海辺橋だけでなく、二ノ橋のたもとのほうにも」

「二ノ橋のたもと？　なんで、そっちもわかったんだ？」

そっちの話は、おのぶにはしていないのだ。

「昨日の晩、切絵図を見比べていたでしょうが」

「あ」

「あたしの目は、カエルみたいに、ふつうの人より左右に離れているから、見てないようで、見えているんだよ」

「………」

自分でもわかっていたらしい。

「似てるでしょ、あたし、カエルに？」

「似てるけど、可愛いぞ」

これは本気である。見れば見るほど、カエルに似ているけど、でも、可愛いと思う気持ちも増している。カエルに似ていようが、ゾウに似ていようが、可愛い女はいるものなのだ。

「それはそうと、魚之進さんが見ていたのは、海辺橋のところと、麻布二ノ橋のところ。だから、麻布にも出たんだなと思って」

「そうだったのか」

怒る気になれない。それどころか、おのぶにはつくづく隠しごとはできないと思った。

「ねえ、魚之進さん。二つの場所に共通することがあるのには気づいた？」

「え？」

「どっちもすぐそばにお寺があるの。深川のは、曲選寺《きょくせんじ》で、麻布のは、変性寺《へんせいじ》というお寺だったよ」

「そりゃそうだけど……深川も麻布も寺町だから、それは共通するというほどのことはないような気がするけどな」

「でもね、曲選寺と、変性寺、それぞれに出入りしていた檀家の人に訊いてみたの。なにか、おかしなことはないかって？」

「檀家の人に？」

「お墓に行って、お参りしている人の隣に座り、こっちもお参りしているふりをして訊いてみたのよ」

「やるもんだね」

そんな機転は、魚之進には利かせることはできない。

「そうしたら、近ごろ和尚《おしょう》さんの説教が、ちょっと変なんだって」

「まさか、キツネが憑《つ》いたみたいだとか？」

「そうじゃないの。どっちの和尚さんも、近々、富士《ふじ》の山が噴火するか、大地震が来るかもしれないと言っているんだって」

「へえ」

「しかも、やけにお布施《ふせ》の多寡《たか》のことで話すことが多くて、もしかしたら仏さまは、富士山の噴火とか大地震で、あんたたちの信心の強さを測ろうとなさっているのではないかとか、そんなことを言うんだって。おかしいと思わない？」

「でも、そういうことを言う坊さんは少なくないって話だぞ。地獄の沙汰《さた》も金次第って、さすがに露骨には言わなくても、遠回しにはな」

「まあ、そうなんだけど、顔つきがちょっとおかしいらしいの」

「顔つき？」

「目が据《す》わったみたいになって、よく神仏に嵌《は》まった人がする顔なんじゃないかな」

「そりゃあ坊さんだもの、神仏には嵌まってるだろうよ」

「ううん、お坊さんて、意外と嵌まっていないもんだよ」

おのぶは、なかなかうがったことを言う。

「なるほどな。それで、化かされそばのことは訊いてみたかい？」

「訊いたよ。檀家の人たちもそれは知っていて、夜中はここらを出歩かないようにしてるってさ」

「和尚はそのことでなにか言ってるのかな？」

「とくにはなにも言ってなかったみたい」

「ふうん」

「ごめんなさい。出しゃばったことをしてしまって」

「いや、かまわないよ」

もしかしたら、凄《すご》く助けられたのかもしれない。

九

翌日――。

魚之進は麻次に言った。

「深川も麻布も、どっちもすぐそばに寺があったよな」

「あ、たしかに」

「なんか気になり出したんだよ」

おのぶから聞いたとは言わず、昨夜、寝ながら考えたことにした。言ってもいいのだが、麻次が変に気を使って、「今後は、あっしより、ご新造さまといっしょに回られたほうがよろしいのでは?」などと言われると、困ってしまう。麻次はいまや、かけがえのない相棒なのだ。

「それでな、どっちの寺の和尚も、近ごろ、説教の中身が変わってきたらしいんだ」

「説教の中身がですか?」

「富士山が爆発するとか、大地震が来るとか」

「へえ」

「助かるためには、お布施の額も大事だと」

「そんな話、いつ訊いたんですか？　いままでは、誰もそんなこと、言ってなかった

ですよ」

「うん。ちょっと小耳に挟んだんだ」

「……………」

麻次は首をかしげ、

「旦那、近ごろ、ほかに岡っ引きを使ってます？」

「使ってないよ。おいらが頼りにしてるのは、麻次だけだよ」

「いや、遠慮なんか要りませんよ」

「してない、してない」

「もしかして、ご新造さま？」

「え」

当てられて、顔が真っ赤になった。

すると、今度は麻次が慌てて顔をそむけ、

「いや、別にそれはどうでもいいんですがね、そうですね、まずは行ってみましょ

う。深川と麻布の寺に」

変にひょこひょこした足取りで歩き出した。

まずは深川の曲選寺である。

別々に境内《けいだい》に入り、魚之進はさりげなく和尚を観察し、麻次は墓地で墓参りに来た檀家の人から話を聞いた。

和尚はまだ若く、四十代ではないか。遠目に見たところではやけに色が白い。顔色が悪いというより、白粉《おしろい》でも塗っているように見える。だが、寺の和尚が白粉を塗る理由については思い当たることもないので、たぶん地肌がそういう色をしているのだろう。

小坊主が庭掃除に出て来たので、和尚のことを訊いてみると、

「うちの和尚さまには神通力がある」

とのことだった。

麻次のほうの訊き込みでは、やはりお布施の催促が露骨になっているとのことだった。

つづいて、麻布の変性寺。

ここでも魚之進と麻次は、別々に探りを入れた。

こちらの和尚は六十代くらい。金糸銀糸を惜しげもなく使った立派な袈裟《けさ》をまとっていて、ほとんど歩くお神輿《みこし》のようである。また、笑顔の稽古でもしているみたいに、誰もいないほうに向けて、ニタニタと笑いかけていたりするのも不気味だった。

麻次の訊き込みも、災害の予言といい、お布施の勧めといい、深川の曲選寺とまるでいっしょだったという。

「やっぱり化かされそばと、二つの寺は、関わりがあるな」

「あっしもそう思います」

「だが、寺のこととなると、町方は突っ込めない」

「お手上げですか？」

「そうでもない。お奉行に頼んでみよう」

もどって筒井和泉守に相談した。

一日おいて――。

魚之進が奉行所に出て行くと、

「そなたの話は、昨日、評定所で寺社奉行の牧野《まきの》さまに相談してみた」

「ありがとうございます」

寺社奉行は常時、四人ほどが兼務しているらしい。お奉行は、相談しやすい方に話してくれたのかもしれない。

牧野さまという方は、たしか越後長岡《えちごながおか》藩のお大名だったはずである。三奉行のうち、勘定《かんじょう》奉行と町奉行は旗本がなるが、寺社奉行だけは大名がなるのだ。

「それで、若い小検使《しょうけんし》を回すので、いっしょに調べてくれとのことだ」

「小検使？」

「うむ。寺社方の職務というのは町方と違うのでな。ま、与力と同心のあいだくらいで、牧野さまのご家中の者さ」

「わかりました」

魚之進は幕臣とはいえ、町方同心の身分は足軽程度だから、当然、向こうのほうがはるかに上になる。また、江戸っ子風も吹かすことはできないだろう。他国の藩士とはいっても、江戸屋敷にいる人はほとんど江戸育ちだったりするのだ。

魚之進は麻次とともに、すぐに評定所へ向かった。

十

「山崎総六郎《やまざきそうろくろう》です」

　小検使はやたらと背が高く、六尺ほどはあるだろう。といって、見下すような話し方はせず、猫背気味で、俯《うつむ》きがちに話す。

　寺社方の小者《こもの》二人も引き連れ、五人で、まずは深川の曲選寺に向かった。これまでのことは、二人のお奉行を通して、すでに呑み込んでいるらしい。

　歩きながら、

「町方は大変かね」

　と、山崎は訊いた。やはり訛《なま》りはない。

「そうですね」

「だが、味見方というのは面白そうだよ」

　気安い口調である。堅苦しい人ではないらしい。

「でも、食いものの味見ばかりしているわけではありませんから」

「そうなの？　番付つくってるんじゃないんだ？」

やはり、そう見られるのだ。

「いえ、番付はつくっていません。食に関する悪事全般を追いかけています」

「そうか。それだったら、忙しいわな」

「ええ、まあ」

「寺社方も忙しいぞ。暇《ひま》そうに見えるだろうけど」

「そうなので」

正直、なにをしてるか、よくわからない。

「だって、巷《ちまた》で起きる悪事は、寺社地でもぜんぶ起きるぜ。境内で人殺しも起きれば、縁日では喧嘩《けんか》騒ぎだの、賭場《とば》が開かれたりはしょっちゅうだ。しかも、門前町の風紀の悪さといったらないだろうよ」

「たしかにそうですね」

門前町に岡場所が立ち並んでいるところは、深川や根津《ねづ》、湯島《ゆしま》など、いくつもある。

「だが、寺社方というと、毎日、神社仏閣でも、のんびり回っているみたいに思われるんだ。味見方が誤解されるのといっしょだな」

「ほんとですね」

「ま、なにかあったら助け合おうぜ。以後、お見知りおきをってとこだね」

「こちらこそ、よろしくお願いします」

気さくな人柄で、この御仁《ごじん》と知り合えたのは、幸運だったかもしれない。

深川の曲選寺の前、すなわち海辺橋のたもとにやって来た。

「ふうむ。ここに化かされそばがね」

そう言って、小検使の山崎は、周囲を見回し、

「キツネも出そうだね」

仙台堀の岸辺の草むらを見ながら、そうも言った。

寺社方では、狐狸《こり》妖怪の類《たぐい》はどう見ているのか、そこらはまだわからない。

「じゃあ、入ろう」

と、山門をくぐった。

どんどん奥に入って行く。遠慮などはなにもない。本堂の前にいた住職ではない若い坊さんに、

「寺社方の見回りだ」

と、名乗った。

「はい。ただいま、和尚を」

と、呼びに行こうとするのを、

「いいんだ。勝手に見回って、勝手に帰るから」

小検使はそう言ったが、坊さんは慌てて、奥のほうに飛んで行った。

「さあ、勝手に見て回ろう。なにか怪しいものがあったら、あとで教えてくれ」

そう言いながら、小検使は本堂に入った。

魚之進は、本堂はざっと見回し、建物の裏手のほうに回った。夜鳴きそば屋の屋台でも隠してあるかもしれないと思ったからだ。

「屋台はないな」

魚之進は、物置き小屋をのぞいていた麻次に言った。

「ええ、このなかにもありませんね」

本堂にもどると、和尚が小検使にぶつぶつと文句を言っていた。どうやら、うちは一部の寺と違って、大奥のお女中の接待などはしていないとか言っているようだった。

そのねちっこい文句に、小検使も閉口したらしく、

「月浦さん、どうだい？」

「ここはひとまず」

「わかった」

つづいて麻布の変性寺。

ここでも小検使は、

「寺社方の見回りに参った」

と、不意を突き、住職やほかの僧侶を慌てさせた。

魚之進と麻次は、ここでも本堂の裏手や物置きなどを探し回ったが、化かされそばに使われたような屋台や道具は見つからない。

境内を一回りして、本堂にもどった。

「どうだい？」

小検使の山崎が訊いた。

「まだ、なにも」

「そうか。わたしもとくに気づいたことはないのだが、あの和尚がほら」

と、小検使は顎をしゃくった。

少し離れたところで、和尚と若い坊さんが、こっちに手を合わせ、なにやらお経らしき文句を唱えている。悪霊退散の呪いのようにも聞こえる。

魚之進は、本堂を見回した。

「あれ？」

なんか変な感じがした。

「どうかしたかい？」

小検使が訊いた。

「あれ？　山崎さまはなにか感じませんか？」

「なにかって、なんだい？」

「深川の曲選寺の本堂でも、なんか違和感みたいなものを覚えたんですよね」

「え？　なんだろうな？」

寺社方の役人が気がつかないのだから、気のせいなのか。

もう一度、ゆっくり本堂を見回した。

「あ」

魚之進は、本堂の正面に鎮座する黄金色に輝く仏像の前に立った。かなりの大きさで、鎌倉《かまくら》の大仏の孫くらいの迫力はある。

「どうかしたかい？」

小検使はまだ気づかない。

「あの、阿弥陀《あみだ》さまの顔」

「あ」

阿弥陀さまというのは、たいがい穏やかで、半眼《はんがん》で下界を眺《なが》めているような表情をしているが、この仏像の表情は、眉《まゆ》が吊《つ》り上がり、目は開かれて、明らかに怒りの感情が窺《うかが》えるのだ。ほとんど閻魔《えんま》さまに近い。しかも、頭の丸いブツブツが、先が尖った三角になっていた。

「これって阿弥陀さまですかね？」

「違う」

と、小検使の山崎は首を横に振り、和尚のほうを見て、

「テケレッツのパア」

と、言った。

すると、和尚もすぐ、

「テケレッツのパア」

と、返したではないか。

「やっぱりテケレッツ教か」

「あ」

和尚は、しまったという顔をした。

「月浦さん。これはテケレツ教の仏だ」

「テケレツ教ってなんですか？」

「昔から、忘れたころに宗派を超えて出てくる教えで、この世の滅亡が近づいたと説き、妙なお経を唱え、最後にテケレッツのパアとかいうのだ」

「それで、この仏像は取り替えたのですね」

魚之進がそう言うと、

「違う。阿弥陀さまが怒っておられるのじゃ。邪推をすると、そなた、天罰が下るぞ。近々、頭が破裂して、股《また》から真っ二つに裂けてしまうであろう」

和尚は朗々たる声音《こわね》で言った。

「そりゃあ、大変だ」

と、魚之進は一笑に付し、

「先日の化かされそばの騒ぎは、仏を入れ替えるために、夜の人通りをなくそうとやったことだろう。当然、檀家の者にも見咎《みとが》められたくなかっただろうからな」

と、言った。

化かされそばに関わっていた者は、皆、真面目そうな人間だった。それも当然で、真面目な檀家の信者が、この狂言に協力していたのだ。番屋の者が見たことがあったのも当然で、寺への出入りのときにでも、顔を合わせていたのだろう。

「な、なにを証拠に」

和尚はニタリと笑って言った。

明らかに虚勢を張っているのだが、証拠のことを言われると、魚之進もいささか覚《おぼ》束《つか》ない気持ちである。

だが、こっちも負けじと、

「証拠？　そんなものは、これから本腰を入れて、あんたたちの身辺を洗えば、すぐに出て来るはずだからな」

余裕をかました。

「ううっ」

「これだけ大きい仏像の入れ替えは大変だったろうな。もちろん、何十人がかりで、しかもないしょでやらなければならなかった。せめて五つくらいには始めないと、明け方までに作業は終わらない。そのあいだ、ここらを人が通らないようにしたかった。それには、化けものの話で、人を怖がらせるのがいちばんんだ」

魚之進がそう言うと、

「なるほどな」

小検使の山崎もうなずいた。

和尚と坊さんは、もはやこれまでとうなだれている。

「処罰なさるのですか？」

魚之進は小声で小検使に訊いた。

「ま、そこらはうちのお奉行の判断だけど、ただ、ここの総本山のほうにも連絡することになるからな。むろん、総本山がテケレツ教のわけがない」

「ははあ」

「まあ、あの和尚たちは、寺にはいられないわな」

「もちろん、この阿弥陀さまも？」

これを一生懸命拝んだ人たちのことを考えると、なんだか哀れな気がしてくる。

「そりゃ、次の住職が考えることだよ」

「そうですね」

魚之進としては、食いものがらみの化かされそばの一件が解決したので、もはやなにも言うことはないのだった。

第二話　化粧寿司

一

「あのね、食べものの話だよ」

と、おのぶが言った。

魚之進は、縁側に出て、爪《つめ》を切っている。庭の隅に植えてある菊の花が咲いていて、香りがここまで匂ってくる。風は少し冷たいが、日差しがあって、のんびりした秋の朝である。鰯雲《いわしぐも》の空が高い。

魚之進は、今日は非番になっている。いままでは、非番の日もほとんど奉行所に出たり、たとえ奉行所には行かなくても、町回りに出ていた。だが、おのぶと所帯を持ち、これからはたまには休むことにした。それは、父の壮右衛門《そうえもん》からも、市中見回り方与力の安西佐々右衛門《あんざいさざえもん》からも、忠告されていた。

「たまには骨休めと、女房孝行もせねばならぬ」と。

「女房孝行ですか？」

「肩を揉《も》め。足の裏を揉め。その他、いろいろなところを揉め」

「ははあ」

それで、今日はこうして、休みを取り、朝飯を食べたあとも、日なたの猫よろしく、のんびりしているというわけである。いろいろ揉むのは、夜になってからでいいだろう。

「食べものの話？」

魚之進は訊き返した。

「そう。友だちから聞いた話」

「でも、おいら、今日は仕事しないよ」

「仕事でなくても、食べることはするでしょ」

「それはするさ」

「鎌倉河岸《かまくらがし》に、〈化粧寿司《けしようずし》〉という寿司屋ができていて、もの凄くきれいな寿司なんだって。あたし、食べてみたい」

「高いの？」

「そうだね。箱詰めになってるんだけど、一つ八十文て言ってたかな」

「ふうむ」

屋台の寿司は、だいたい一個、四文から八文くらいである。ただ、一個がほとんどおにぎりくらいの大きさがあるから、そんなに食えるものではない。それからすると、けっして安くはない。

ただ、寿司は上には上があり、両国の〈華屋与兵衛《はなやよへえ》〉あたりは、「金の鯱《しやち》でも握ったのかい」と言いたいくらいべらぼうな銭を取るので、それに比べたら安いかもしれない。

「どうせ、見た目だけだろ」

と、魚之進は言った。

「ううん、おいしいんだって。それに、魚之進さん、食べものは見た目も大事よ。見た目なんかどうでもいいと言われたら、絵師なんか、馬鹿みたいな仕事でしょ」

「それはそうだ」

魚之進は納得し、

「じゃあ、昼飯はそれにしようか」

「やった」

おのぶは、握ったこぶしを顔の横で、ひょいと動かした。

「ところで、おいら、訊きたいことがあるんだ」

魚之進は、爪切りを終え、畳のほうでごろりと横になりながら言った。

「なあに？」

おのぶは、さっきから魚之進の足袋《たび》のほころびを繕《つくろ》っている。

「おのぶは、おいらがいっしょになってくれって頼んだとき、迷わなかったの？」

恥ずかしい疑問だが、それよりも不思議な気持ちのほうが強いので訊いてしまった。なにせ、よくも二つ返事で了承したものだと、いまだに信じられない気持ちなのだ。

「ぜんぜん、迷わなかったよ」

「ほんとか？」

「だって、最初にここへ、うなぎの絵を描きに来たときから、あたし、魚之進さんといっしょになるような気がしてたもの」

「そうなの？」

「意外？」

「意外なんてもんじゃない。こんな爺《じじ》むさいおいらと、いっしょになりたい女がいるなんて、思ってもみなかったよ」

「爺むさいかな？」

「だって、あのころ、おいらが道楽にしていたのは、発句《ほっく》に釣りに盆栽に書画骨董《こっとう》。それと、道端に落ちてるものを拾うことだぞ」

「食べものは？」

「あのころは、それほど興味もなかったよ」

「あたしは、たぶん、気が合うだろうって思ってたよ。それに、爺むさいというより、まだ幼い感じがして、そこもいいなと思ったんだよ」

「幼い？」

「そう。恥ずかしがりで、内気で、でも、面白そうなことに出遭うと、目がきらきらして、この人はたぶん、大きく伸びる人じゃないかなって、思ったよ」

「そうなの……」

嬉しさがこみ上げてくる。こんなに自分のことを、いいほうに受け取ってくれる女と、よくぞ巡り合ったものである。

「そういえば、昨日、大通りでお静さんと会ったよ」

「お静さんと」

ドキリとした。いまでこそ、きれいさっぱり未練も消えたけれど、一時期、胸苦しいほど好きだったのは事実なのだ。

「常磐津《ときわづ》を習い始めたんだって」

「常磐津……」

そこらへんのことは、なにもわからない。

「もともと好きだったんだけど、八丁堀にいるときは三味線の稽古《けいこ》もしにくくて、いまは遠慮なくやれるから、思いっきり夢中になれるって」

「へえ」

「楽しそうだったよ、お静さん」

「そりゃあ、よかった」

魚之進も、心底、ホッとしたのだった。

二

魚之進とおのぶは、化粧寿司を買いに鎌倉河岸にやって来た。

ここは屋台の店も多いが、化粧寿司は屋台ではなく、間口こそ一間《けん》半ほどしかないが、いちおう表店《おもてだな》になっていた。

店を開けて、まだ間もないはずだが、すでに客が並んでいる。ざっと見て三十人近くはいそうである。

「凄いな」

「うん。いつも店を開ける前から、すでに並んでるみたいよ」

「作り置きはどれくらいあるのかね。まさか、売り切れなんてことはないだろうな」

「大丈夫だよ。売り子とは別に、奥で、次から次につくっているというから」

「そうなのか」

「二人で並ぶ必要はないわ。魚之進さんは、ぶらぶらしてて」

そう言って、おのぶは最後尾に並んだ。

「じゃあ、まかせたよ」

と、魚之進は適当にここらを見て回ることにした。

ぐるりと回ると、ちょうど化粧寿司の裏手に出た。店の裏口をのぞくのは、食いもの商売の裏を見るのに好都合だったりする。

さりげなく近づくと、店のなかにいる女と、外に立っている男が、ちょっと険悪な感じで話している。

魚之進は、見られないよう物陰に入り、耳を澄ました。

「もう化粧師はやめたんですよ」

と、女が言った。歳は四十くらいか、美人というのではないが、身ぎれいでおしゃれな感じがする。

「まあ、そう言うなよ。寿司なんかつくるより、化粧師のほうが儲《もう》かってただろうが」

そう言った男は、町人というより、どこかやくざっぽい感じがする。歳は五十近いだろう。一瞬、横顔に見覚えがあるように思ったのは、気のせいだろうか。

「いいえ。こっちも充分、儲かってます」

「じゃあ、両方やればいい」

男はしつこい。

「もう、帰ってください」

女は、音を立てて、戸を閉めた。

「ちっ」

男は舌打ちすると、ふてたように竜閑橋《りゅうかん》のほうへ去って行った。

すると女は、戸の隙間《すきま》から男がいなくなるのを見ていたのか、また戸を開け、調理場にもどって化粧寿司をつくり始めた。売り子と、この女の二人しかいない。

仕事ぶりをしばらく窺《うかが》ってから、表のほうへもどった。

おのぶの前は、すでに五人ほどになっていて、まもなく買うことができた。

「よかったな、買えて」

「ほんと、凄いね。まだ、列が増えてるもの」

「ほんとだな」

すでに、列は七、八十人になっている。

「作り置きがあと、二十箱ほどですので、そこからはちょっと待ってもらいますが」

と、売り子が声をかけていた。


八丁堀の役宅にもどって、買ってきた寿司を仏壇に並べた。

おやじの分も入れて三つ。

でも、隠居部屋の壮右衛門に届けると、

「これは、わしなんかが食うのは勿体《もったい》ないな。碁《ご》会所に持って行って、あそこの連中にも食べさせるよ」

と、いそいそと出かけて行った。

「あれはたぶん、あそこにいる気に入りの女中さんに食べさせる気だよ」

「あら、そうなの」

なかなかこざっぱりした大年増《おおどしま》で、碁会所に来る年寄り連中に、絶大な人気があるみたいなのだ。

「さて、いただきましょ」

おのぶが茶を淹《い》れて、包みを開いた。

「ああ、きれいっ」

「これは凄い」

さまざまな色彩が、いっせいに目に飛び込んできた。

箱のなかは、全体が段飾りのようになっている。いちばん上と思しきところには、巻寿司を切ったものが二つ並んでいる。その切り口が、まさに男女の顔になってい て、二人とも笑っている。

「どうすりゃ、こんなことができるんだ？」

「たぶん、金太郎飴《あめ》の要領でつくるんだろうけど、上手にできてるね」

巻寿司が多く使われ、そのすべてが切り口を見せて、さまざまな模様になってい る。花模様もあれば、市松《いちまつ》模様などの柄もある。ほかに、卵やエビの握りに、稲荷寿司もあって、それらの配置がいかにも華やかなのだ。

「ねえ、味もおいしいよ」

「そうだな」

この見た目なら、どうしたって、うまく感じられるが、じっさい味も複雑で、かなりうまいのだ。

食べ終えると、けっこう腹一杯になった。おにぎり三つ分ほどの量はあっただろう。

「あたしは大満足」

「うん。でも、きれいな食いものは、毒を隠していたりするんだよなあ」

「毒を？」

「毒というのは大げさかな。でも、化粧寿司にはなにか隠された事情がありそうなんだ。じつは……」

と、さっき見聞きしたことを告げた。

「化粧師？」

「化粧師ってなんだい？」

「化粧する人？」

「そうかな。おのぶも知らないの？」

「化粧のことを訊かれてもねえ。だって、あたし、ほら」

おのぶは自分の顔を指差して、

「化粧、まったくしないから」

「だよな」

本当なら、嫁に来た女は、眉を剃《そ》り、白粉《おしろい》をして、鉄漿《おはぐろ》をするのが慣習になっている。が、おのぶはまだ、眉も剃っておらず、白粉もつけず、白い歯を見せて笑っている。

ただ、眉はもともとそんなに濃くないので、剃らなくても目立たないし、肌が艶々《つやつや》しているので、逆に白粉などつけるのは勿体ないくらいである。そして鉄漿だが、あれは魚之進が苦手だった。

「笑うと、歯が真っ黒って、おいらはどうも気味わるいんだよなあ」

「だったら、鉄漿はしないでおこうか」

「いいのかな？」

「平気だよ。笑うときは、こうやって口を隠すようにするから」

「うん、それでいい」

というわけで、いまもって、おのぶは化粧には縁がない。

それくらいだから、化粧師なんていう仕事も、知っているはずがないのだった。

三

翌日の朝——。

奉行所に着くとすぐ、本田伝八と両国のぼったくり飲み屋の手入れについて、打ち合わせをした。これは、この十日ほど、本田がひそかに内偵を進めていた件で、この前、勿体ぶって話さなかったのも、このことだった。

この店というのは、とにかく悪質な飲み屋で、女を使ってへべれけに酔わせた挙句、家まで送って行き、そこの金になりそうなものはすべて持ち去るという泥棒まがいの荒っぽいやり口だった。

証人も押さえたし、おそらく店の上の住まいからは、盗品も見つかるはずである。裁きでひっくり返る心配もない。

「じゃあ、明後日《あさって》の夜に、おいらとお前と、麻次に吾作のほか、奉行所からあと三人、中間《ちゆうげん》を駆り出すということで」

と、魚之進は言った。

「ああ、おれの初手柄になるかね」

「なるとも」

　魚之進がうなずくと、

「無事に済んだら、うちでうまいものでも食おうぜ。最近、凝《こ》っている料理があるんだ」

　と、本田は嬉しそうに言った。

「ところで、お前、知ってるかな」

　魚之進は話を変えた。

「なにが？」

「化粧師っていう仕事」

「化粧師？」

　南蛮人に道を訊かれたときみたいな顔をした。

「いや、いいんだ。変なことを訊いて悪かった。忘れてくれ」

　本田も化粧のことなど知っているわけがない。

　ところが本田は、

「ちっと待てよ。おれは知らないが、うちの姉は知ってるかもしれないぞ」

　と、意外なことを言った。

　本田の家は、女ばかりで、男は本田だけである。母屋《おもや》のほうに、母親だけでなく、祖母に、姉や妹などが暮らしていて、本田は女たちを避け、ほとんど離れのほうで暮らしている。

　その、本田の姉と妹は、ときどき数が変わる。嫁に行ったり、出戻って来たりしているので、本田自身も何人いるか、ときどき間違えたりするほどなのだ。

「出戻って来ている三番目の姉だがな、名前はええと、つねって言うんだけど、こいつは化粧が好きで、一日中、化粧ばかりしているというので、お姑《しゅうとめ》さんから嫌われ、とうとう実家に帰されてしまったというくらいなんだ」

「そうなのか？」

「あいつに訊けば、わかるかもしれないぞ」

「………………」

　魚之進の表情が急にどんよりと曇った。

「どうした？」

「お前から訊いてくれないか？」

「なんでだよ」

「お前の姉が？」

「三番目の姉さんて、なんか怖くなかったっけ？」

「うちのはどれも怖いよ。怖くないのなんかいないよ」

「昔、おいらがお前ん家《ち》に遊びに行ったとき、死んだカラスの羽根をむしっている女の人がいて、『どうするの？』って訊いたら、『物干しにぶら下げておく』って言ったんだ。あたりはむしられたカラスの羽根で真っ黒になっていて、女の人の顔には怒りといっしょにうすら笑いも浮かんでいて、おいらはそれからひと月くらい、悪夢に悩まされたんだ。あれは確か、三番目の姉さんじゃなかったかなあ」

魚之進は、いま思い出しても、背筋が寒くなってきた。

「あ、そうそう。あのときは、飼っていたウサギが、カラスに殺されたもんだから、仕返しに捕まえたカラスを殺して、見せしめにしたんだよ。あれは、機嫌が悪いと、そういうことをするんだよな」

「いまの機嫌はどうなんだ？」

「それは出戻ってきたばかりだからな」

「いっしょに行ってくれよ」

「やだよ。おれだって怖いもの」

本田はそう言って、逃げてしまった。

——どうしようか。

と、迷ったが、やはり化粧師については教えてもらいたい。

勇をふるって、本田の役宅を訪ねることにした。

途中、手土産《てみやげ》まで買って、緊張しながら本田家を訪ね、「おつねさんに訊きたいことがある」と告げると、出てきたおつねは、

「あら、魚之進じゃないの」

と、軽い調子で言った。

「はい、ご無沙汰《ぶさた》してまして」

魚之進のほうはガチガチである。

「どうぞ、上がって」

「はあ」

通された部屋は、玄関わきの四畳半だが、奥のほうからひそひそ声が聞こえてくるし、こっちを覗《のぞ》いているけはいもあるし、なにか生臭いような、変な臭いも流れてくるしで、とても落ち着ける雰囲気ではない。

向かい合うとすぐ、

「あんた、嫁、もらったんだって？」

おつねは顔を近づけるようにして言った。

「よく、ご存知ですね」

「評判だもの。あの魚之進がって」

「…………」

どういう意味だろう。

「よかったじゃないの」

「おかげさまで」

「うちの伝八にも誰か紹介してやってよ」

「やってみます」

想像したほど怖くなかったのでホッとした。

本田が言っていたように、化粧は濃い。というより、顔がすっかり違ってしまっている。昔見た顔は、こんなに美人ではなかった気がする。

「それで、なに、訊きたいことって？」

「化粧師とかいう商売ってあるんですか？　本田から、おつねさんならわかるかもしれないと言われたんで」

「ああ。そんなにたくさんはいないと思うけど、あたしが知ってるのは、以前、人形《にんぎょう》町《ちょう》あたりで髪結《かみゆ》いしてたおきわって人が、あんまり化粧がうまいので、そっち専門になったってのだけね」

「おきわですか」

「でも、化粧なら、あたしのほうがうまいよ」

「そうですか」

「あたしなら、松竹梅の梅の顔を、松にできるもの。でも、おきわなら、竹どまりってとこよね」

「へえ」

おつね自身も、梅を松にしたらしい。

「でも、あたしは武家の娘だからね。そういう商売はやりたくてもやれないでしょ。

伝八の立場もあるし」

「ははあ」

「そういえば、近ごろ、おきわって人は、化粧師をやめて、化粧寿司って新しい商売を始めたって聞いたけどね」

「あ、その人です。その人のことを知りたかったんです」

「そうだったの。おきわの化粧ってのは、きれいにするというより、別の顔に仕立てちまうんだよね」

「別の顔？」

おつねも充分、別の顔だと思うが、そういうことは言えない。

「そう。ほとんど別人のように顔を変えることができるらしいよ。それも、女だけでなく、男もやれるんだってさ」

「男の化粧？　役者とか？」

「そこはよく知らない。でも、そこらは、あたしより上って言えば上だわね。あたしは、男の化粧なんか気持ち悪くてやれないもの」

おつねは、ミミズを茹《ゆ》でて出されたみたいな顔をして言った。

——もしかしたら、それがため、悪党に目をつけられてしまったのではないか。

「いやあ、参考になりました」

「もう、いいの？　もっと、いろいろ訊けば？」

「充分、伺いましたので」

そそくさと退散した。

やはり、おきわの話を直接、訊く必要がありそうである。

四

魚之進は、いったん奉行所にもどって、麻次とともに町回りに出た。歩きながら、麻次にも化粧寿司のことを話しておいた。

「化粧の裏に隠された悪事を暴こうってんですね」

と、麻次は言った。

「ま、そういうことかな」

神田界隈《かいわい》をざっと回ってから、鎌倉河岸にやって来た。

化粧寿司は、昼前から売り始め、夕方近くに売り切ったところで店仕舞いとなるらしい。その店仕舞いのときを見計らって、魚之進は店の裏から、

「おいらは、南町奉行所の味見方ってところの者なんだがね」

と、声をかけた。

「町方の旦那……」

おきわは、怯《おび》えたような顔をした。化粧はほとんどしていない。歳のころは四十前後か、素肌にはあまり張りがなく、少し疲れているのかもしれない。

　魚之進は笑顔を見せ、

「この前はふつうの客として化粧寿司を買わせてもらって、女房ともども味わわせてもらったが、きれいなだけでなく、味も大満足だったよ」

「ありがとうございます。じゃあ、並んでもらったので？」

「女房がね」

「言ってくだされば、すぐにお渡ししましたのに」

「そんな気づかいは無用だよ。ところで、あんたは、以前、化粧師って商売をしてたって聞いたんだがね」

「ああ、はい」

「おいらの知り合いの女の人がやっぱり化粧が大好きで、その人が言うには、おきわさんの化粧は凄いって。化粧というよりは、まるで別人みたいにしてしまうって」

「それは、そうして欲しいと頼まれたらの話です。誰でもそんなふうにしてたわけじゃありませんよ」

「なるほど。だが、そんなにいい腕だったのに、なんでやめちまったんだい？」

「いろいろありましてね」

　おきわは目を伏せて言った。

「いろいろ？」

「…………」

おきわは黙ったままである。

自分から話すのをじっと待った。遠回しに訊いて、肝心なことに迫るような話術には、まだまだ程遠いことは自覚している。こういうときは、沈黙で追い詰めるのが、自分にできる技なのだ。

しばらくして、おきわは、

「もしかしたら、悪事の手伝いをさせられてるのかなって思ったことがあったんですよ」

と、観念したみたいに言った。

「悪事の手伝い？」

「なんだか怖そうな人が来て、別人みたいにしてくれって」

「しょっちゅう来てたのかい？」

「しょっちゅうってほどじゃないです。三度くらいですか」

「そりゃあ、怪しいね」

「でも、はっきりこういう悪事だってわかったわけじゃないんです。ただ、なんとなく勘みたいなもので」

「町方に相談しようとかは思わなかったのかい？」

「だって、相談しようにも、どんな悪事かわからないんですから」

「なるほどな」

「怖がって商売をつづけるよりも、あたし、もともと食べもの屋をやりたいって思ってたので、得意だった化粧の技を生かして、寿司をつくってみようと考えたわけです」

「その、あんたに悪事の手伝いかもと思わせたやつってのは、どんなやつだったんだい？」

「ああ、もう、あまり覚えていませんね」

「それからは、ここを訪ねて来たりはしなかったのかい？」

「来たことはありますが、もう、やらないと追い返しました」

それは、魚之進が見かけたときのことらしい。

「名前もわからないのかい？」

「名乗ったりはしませんでしたから」

「でも、顔とか、なんか特徴はなかったの？」

「化粧しますでしょ。元の顔なんか忘れちまうんです」

「ふうん」

話が長くなりそうだと思ったらしく、

「旦那。申し訳ないんですが、明日の分の仕入れに行かなきゃならないんですよ」

と、おきわはきっぱりした口調で言った。

「あ、そうだな。悪かった」

魚之進はうなずき、店から離れて歩き出した。

「どうだった、麻次？」

麻次も後ろで、やりとりを聞いていた。

「ぜんぶは語っていませんね」

「だよな」

「なにかに怯えているのでしょう」

「なにかにね」

「よほど怖い男だったのか」

「あるいは、なにか弱みでも握られているのかもな」

「この先、どうします？」

「ちっと考えてみるよ」

今日はこの足で、明後日の夜に手入れをする予定の、両国のぼったくり飲み屋を見に行くことにした。

五

奉行所から役宅に帰って来ると、昆布《こんぶ》だしの匂いがしないので、晩飯はうどんではないらしい。なんとなくキノコうどんに刻み揚げを載せたやつなどを期待していたので、少しがっかりしてしまった。

「ねえ、魚之進さん」

「うん」

「あたし、玄米をおいしく食べる方法を考えてるんだけど、玄米は嫌？」

「嫌じゃないけど」

何年か前、冷害で米が不作だったとき、奉行所の家族も玄米を食うことが奨励されたことがあった。周囲では「江戸っ子は白米じゃなきゃ食った気がしねえ」といった意見が聞かれたが、魚之進はよく嚙《か》んで食うと、玄米もうまいものだと思った覚えがある。

「お父上に訊いたら、家康《いえやす》公も玄米を召し上がったのだから、わしも食うって」

「おいらも平気だけど、なんで玄米？」

「あたしが思うに、玄米のほうが、白米よりずっと滋養がある気がするんだよね。あの捨ててる胚芽《はいが》のところにこそ、大事ななにかが入っていて、それを食べないなんて、ぜったい勿体ないと思うよ」

「そうか」

「でも、あの硬くてブツブツした感触が嫌だったりするでしょ。だから、混ぜ飯にして、これは歯ごたえのあるもんだって食べものにしようと思って」

「なるほど」

「それで、今夜は玄米の栗ごはんにしてみたの」

「へえ」

膳の上には、玄米の栗ごはんのほか、きんぴらごぼうと、炙《あぶ》ったスルメ、ワカメたっぷりの味噌汁が並んでいる。

――これは顎《あご》が疲れそうだ。

と、思いながら食べたが、よく噛んで食べたせいか、かなり満足した。玄米も、まったく嫌ではない。うどんのほうが嬉しいが。

最後に茶を出してくれて、

「化粧師のこと、なにかわかった？」

と、おのぶは訊いた。自分は答えられなかったので、気にかけていたらしい。

「うん。本田の姉さんが化粧について詳しいというので訊きに行ったら、ちゃんと知っていたよ。まったく別の顔になるような化粧をほどこす人だったらしい。化粧師をやめて、化粧寿司を始めたことまで知っていてさ」

「へえ」

「それで、やっぱり当人に訊こうと思って、直接行ってみたよ」

「どうだった？」

「おきわさんていうんだけど、どうも化粧をすることで悪事の手伝いをさせられているのかと思って、化粧師をやめたらしいんだ」

「悪事の手伝いって？」

「それはよくわからないらしい」

「ふうん」

「おそらく、その男に脅《おど》されているんだろうな」

「だったら、助けてあげなくちゃ」

「ところが、肝心なことは話そうとしないんだよ」

「そうなの」

「そいつがよほど怖い男なのか。おいらはもしかしたら、なにか弱みを握られているのかもしれないと思ったんだけどね」

「鋭いね、魚之進さん」

「おだてるなよ。それより、当人が言いたがらないんじゃ、どうしようもないよな」

おのぶは、お膳を片付けてから、改めて魚之進の前に座り、

「ねえねえ、お店を手伝ってる若い娘がいたよね」

と、言った。

「ああ、いたな」

「おきわさんの子どもかな」

「違うだろう」

「あの娘に訊くといいんじゃないの」

「そうか」

「町方の人間が訊いて、話すかどうかはわからないけど」

「なんだよ」

「あたしが訊いてみようか？」

おのぶは、明らかに関わりたがっている。子どもが人だかりの股座《またぐら》をくぐって前に出るような顔で、そう言った。

「どうやって？」

「女同士っていうのは、どうやったって、話が広がるんだよ」

「そうなのか。じゃあ、やってみてくれ。そのかわり、危険なことはぜったいに駄目だぞ」

魚之進は精一杯の威厳を込めて言った。

次の日は、魚之進と麻次は丸一日、神田のやっちゃばこと青物市場を見て回った。このところ、季節外れの野菜が多く出回っているという噂を聞き、その確認をしていたのである。調べたところ、それは茄子《なす》のことで、どうやら房州《ぼうしゆう》の温泉地の近くでは、地熱のおかげで昔から季節外れの野菜が採れ、それを江戸に持って来ているとのことだった。

そうべらぼうな値の取引でもないし、理由もわかったので、とくに味見方で扱うこともないと判断して、引き上げてきた。

その夜——。

役宅にもどった魚之進は、おのぶのどことなく自慢げな顔を見た。

出てきたお膳は、厚揚げの煮つけに、キノコ汁という、ごくふつうのおかずだったので、料理の自慢ではない。

「もしかして、おきわさんのことでなにかわかったのか？」

箸《はし》を動かしながら、魚之進は訊いた。

「あのね、順番に話していくね」

「ああ」

「あの娘は、おしのちゃんていうんだけど、朝、あの店に来て、寿司づくりを手伝い、それからもっぱら売り子をして、八つ過ぎあたりで客足が少なくなったころに、おきわさんより早く帰って行くんだよ」

「やっぱり親子じゃないだろう？」

「うん。それで、あたしは後をつけたわけ」

「そこまでしたのかよ」

「面白いね、後をつけるのって」

「おい、道楽にするなよ」

とは言ったが、魚之進も尾行というのは面白いものだと思っている。

「そう遠くには行かなかった。鎌倉河岸に近い本銀町《ほんしろがねちょう》の裏長屋に住んでいて、いったん一休みしたあと、今度は叔母さんがやっている小船町《こぶなちょう》の飲み屋の手伝いに行くという暮らしをしているの」

「それはなんでわかったの？」

「長屋のおかみさんに訊いたんだよ」

「そんなこと訊けるか？」

「あの娘を見初《みそ》めた男がいるんだけどって、井戸端で洗濯してた長屋のおかみさんに訊いたのよ」

「はあ」

おのぶの機転に感心してしまう。

「それで、あたしはおしのちゃんが出かけるところを狙って、道で行き会ったふりをしたの。あれ、化粧寿司で働いてる人だよねって。そうだって言うから、何度も買いに行ってるよって」

「いい調子だなあ」

「どこ行くの？　って訊いたら、小船町の叔母さんのとこって言うから、あたしはその先の堀江町《ほりえちょう》までって言って、いろいろ訊きながら歩いたわけ。でも、遠回しに訊く余裕はないから、あの化粧寿司のおかみさんは、以前、化粧師だったんでしょって」

「いきなりそこからか」

「そう。それで、凄く腕がよかったたって聞いたけど、なんでお寿司屋さんを始めたんだろうねって。そしたら、おしのちゃんの叔母さんは、おきわさんと友だちで、その縁でおしのちゃんも化粧寿司を手伝うことになったらしいんだけど、魚之進さんが聞いたように、なんか悪事に協力させられているみたいに思ったからなんだって」

「やっぱりそうか」

「なんで悪事って思ったのかしら？　って言ってみたら、その男は、自分をまったく別の顔にしてくれと言ってきたんだけど、それが『思いっきり、悪党面《づら》にしてくれ』とか、『佐渡《さど》帰りで、やつれた感じも出してくれ』とか、『武士だったのが、やくざの用心棒になったという感じにしてくれ』とか、そういう妙な注文だったんだって」

「なんだか物騒な注文だな」

「でしょ。あたしも、そういうんじゃおきわさんも嫌だったろうなって思ったよ」

「そうだな」

「でも、おしのちゃんには、それより詳しいことは話していないみたい」

「そうかあ」

「それで、魚之進さんは、もっと詳しい話を訊きたいだろうなと思って、おしのちゃんの叔母さんの飲み屋の場所も確かめておいたよ」

「おう、それはありがたい」

おのぶは、その場所の目印をさらさらと描いてくれた。さすがに絵師の卵だけあって、間違えようのない絵になっていた。

六

翌日――。

今日の夜は、両国のぼったくり飲み屋の手入れをすることになっている。そのあとの取り調べは本田がするにしても、何刻《とき》くらいに突入するかは、客の出入り次第である。おのぶにも、遅くなることを告げて、役宅を出た。

ただ、昼のうちは別の仕事がある。

魚之進は、奉行所で麻次といっしょになると、まずは化粧寿司の店に顔を出すことにした。おのぶの話だと、やはりおきわを脅している者を明らかにする必要がある。

意外な悪事が隠れている気がするのだ。

ところが、化粧寿司に行ってみると、店は開いていない。表戸が閉じられ、寿司づくりをしている気配もない。

「休みかな？」

「でも、貼り紙もないですぜ」

裏に回ると、戸が開いていて、なかではおしのがぼんやりした顔で、樽《たる》に腰をかけていた。

「どうした？　店は休みか？」

と、魚之進は声をかけた。

「おきわさんが、いないんです。おかしいです」

「いない？　まだ家にいるってことはないのか？　おきわさんはどこに住んでるんだ？」

「お客さんですか？」

おしのは魚之進たちに訊いた。

「おいらたちは町方の者だよ」

と、魚之進は十手を見せた。

「なんで？」

「おきわさんに心配なことがあったので、調べていたんだよ」

「そうなんですか？」

「それで、おきわさんの家はどこだい？」

と、魚之進は話をもどした。

「すぐそこの三河町《みかわちょう》の長屋です。いま見てきたけど、おきわさん、いませんでした」

「そうか」

魚之進は、調理場を見回した。

「寿司づくりは始めていたみたいだな」

「と、思います。明け六つ前から、煮炊きとかは始めますから」

釜のなかを見た。飯は炊き上がっているが、まだ酢飯にはなっていない。

「始めたばかりで、なにかあったみたいですね」

と、麻次が言った。

「うん。暴れたようすはないが、たぶん連れ去られたんだろうな」

魚之進がそう言うと、

「連れ去られた？」

おしのが震えるような声で訊いた。

「うん。だが、心配は要らないよ」

たぶん嫌がる仕事を無理やりさせられているのだろう。それで、おきわの命を奪ったり、怪我《けが》をさせたりといったことはないはずである。

魚之進はちらりとまな板に目をやった。

――？

まな板の上には、干瓢《かんぴょう》を煮たものが置いてある。

それが短く切られているが、字のように見えた。

「ここらは、いじくったかい？」

魚之進はおしのに訊いた。

「いいえ」

「麻次。これ」

「干瓢ですよね」

「文字を書いたみたいだぜ」

二つある。

「それは十ですね」

上のほうの字を指差した。

「だろうな」

まさか十字架ってことはないだろう。

「下のほうは……？」

もう一つは、横に三本並んで、縦に一本を長く伸ばしている。縦の干瓢は、いちばん上の干瓢から突き出てはいない。

「これはなんだ？」

こんな字があっただろうか。

「もしかして、ちょっと曲げて、手の字にしたかったんじゃねえですか？　でも、そんな細かいことをする余裕はなかったんでしょう」

と、麻次が言った。

「手？　十手？」

「ということは？」

「おい、町方の者か？」

では、さらったというより、捕縛されたのか。

七

魚之進は麻次とともに、小船町に向かった。おしのには、そのまま店で待っていてもらうように頼んでおいた。

親しくしていたという、おしのの叔母さんの話を訊いてみたい。店は、おのぶの絵を持っていたので、すぐにわかった。隣に用水桶《おけ》があり、店の前には植木の鉢がいっぱい並べられている。

店は夜だけやっているらしく、まだ開いていない。

「弱ったな」

「待ちますか」

そのとき、二階の窓が開き、眠そうな顔をした女が手すりに布団を干した。

「おう、ここに住んでたのか」

魚之進は下から声をかけた。

「どちらさまです？」

「こういうもんだがね」

と、十手を見せた。

おかみは怪訝《けげん》そうな顔で、下に降りて来た。

「町方の旦那に叱《しか》られるようなことはしてないと思うんですがね」

「あんたのことじゃねえ。おきわさんのことなんだ」

「おきわちゃんがどうかしたんですか？」

「いなくなってな」

「え」

「たぶん、さらわれたんだと思うんだ。さらった相手を教えようというつもりなのか、つくっていた干瓢で、十手という文字を残していた」

「十手……」

おかみの目が落ち着きなく左右に揺れ動いた。

「心当たりがあるみたいだね」

「………」

怯《おび》えた顔で魚之進を見た。やはり、怖いのだろう。

「大丈夫だから言いな」

魚之進はやさしく言った。

「あたしが話したとわかると困るんですが」

「約束するよ。証文も書こうか？」

「いえ、そこまで言っていただければ。おきわちゃん、弱みを握られていたんですよ」

やはりそうだった。

「どういう弱み？」

「以前、逃亡しようとしていた悪党が幼なじみで、逃げるための変装を手伝ってやったんです。そのことを知られましてね」

「誰に？」

「富沢町《とみざわちょう》の耕蔵《こうぞう》親分です」

「やはり岡っ引きか」

あのときの男が、なんとなく見覚えのある気がしたのは、奉行所前の広場あたりで見かけていたからだろう。

「耕蔵さんがねえ」

麻次が意外そうに言った。

「知ってるのか？」

「もう古株ですよ。あっしら後輩の岡っ引きには当たりのいい先輩ですがね」

　麻次の言葉に、

「人当たりはいいんです。顔も見るからに善人そうですよ。町の人にもけっこう信頼されてますし。でも、裏の顔があるんですよ」

　と、おかみは言った。

「なるほどな」

　善人そうな男の裏の顔を見た。それは、おきわにとって怖いことだったろう。

「踏み込みますか？」

　麻次が訊いた。

「いまからか？」

「富沢町は近いですぜ」

「だが、もう少し、耕蔵のしたことを確かめたいよな」

「わかりました」

　麻次はうなずいた。

「おかみさん。耕蔵親分をとくに信頼している人を知ってるかい？」

「けっこうたくさんいると思いますが、そういえば、表通りで雑穀の問屋をしている

〈野州屋《やしゅうや》〉の旦那は、親分には世話になっていると言ってましたが」

「よし」

と、その野州屋の話を訊きに行くことにした。

野州屋は、間口も十間近い、ここらではいちばん目立つ大店である。看板を見ても、かなり長いこと商売をしてきた老舗《しにせ》だとわかる。

だが、あるじはまだ二十代と思える、どことなく頼りなさそうな男だった。着物の柄や着こなしなどは、まるで役者のようである。

「ここらは、耕蔵さんが面倒を見てるんだろう？」

麻次が軽い調子で訊いた。

「ええ」

「でも、そろそろ歳なんじゃねえのかい？」

麻次はさも、縄張りを増やしたがっているやり手の岡っ引きというような態度である。魚之進は入り口のところで、興味なさそうな顔で、やりとりを聞いている。

「歳なんてことは感じませんね。頼りになる親分ですから」

「ほう。なんかあったのかい？」

「一度、うちの店が柄の悪い男に目をつけられたことがありましてね」

「そうなの？」

「また、うちの商売のこともよく知ってましてね」

「へえ」

「手代《てだい》が何人もいるけど、頼りになりそうなやつはいねえなとか」

「そこまで知ってたかい？」

「でも、ちょうど親分も目をつけていたみたいでした。脅されてることはないかいって、声をかけてくれたんです。どうも、佐渡からもどった相当な悪党だったみたいで、あたしも何度か直接脅されたんですが、そりゃあ、怖いのなんのって」

「耕蔵さんはどうしたい？」

「そいつが泊まっていた宿を突き止め、乗り込んでくれたんですよ。かなり脅したとおっしゃってました」

「そうか」

「それから、なにかことがあったときは、どう対処すべきかを、いろいろ教えてくださいましてね。蔵のカギのこととか、ここらに鐘《かね》をつけておけとか、おかげで万が一、押し込みなどがあっても、うちは大丈夫だと安心していますよ。さっき歳だとおっしゃいましたが、年季が入ってるんですよ」

旦那はすっかり耕蔵に心酔してしまったらしい。

「でも、タダじゃ済まねえだろ？」

「そりゃあ、お礼は当然でしょう。ですが、やくざのみかじめ料とは比べものになりませんし、安心代と考えたら、安いものですよ」

「なるほどな」

と、麻次はうなずき、話を切り上げた。

外に出て来て、

「旦那」

「ああ、聞いてたよ」

「まさか、脅したって男が？」

「耕蔵が化けてたんだろうな」

その手口で、ここらの大店に付け入り、とくに警戒してやるということで、月々の代金をせしめているのだろう。似たようなことは、同心や岡っ引きはやっているのだが、手口があくどいし、詐欺《さぎ》みたいなものである。しかも、片方では、おきわという善良な女を脅している。

「そんなこと、やれますかね」

「それがおきわの化粧の凄いところなんだよ。なにせ、別人にしちまうってんだからな」

「はあ」

感心したというより呆れてしまった麻次だが、だいぶ傾いた西日に目をやって、

「旦那。そろそろですぜ」

と、言った。

八

「ああ、もう、そろそろ両国に行かなくちゃな」

ぼったくり飲み屋の手入れのため、暮れ六つに両国橋のたもとに集合することになっている。

やはり、こっちを優先させなければならない。

両国橋のたもとに着くと、ちょうど暮れ六つどきになっていた。

「月浦、すまんな」

本田の顔は緊張している。自分が中心になって捕り物をするというのは初めてで、当然、誰だって緊張する。

「なあに、お前の初手柄だ。おいらは単なる後押しのつもりだからな」

「わかってる。ただ、今日も一日、店主の勘助《かんすけ》のことを調べていたんだが、どうもかなり狂暴なやつみたいでな」

「そうなの」

「それで、いちおう、皆、鎖帷子《くさりかたびら》を着込んできたんだ」

「おれ、してないぞ」

「だから、お前と麻次の分も持ってきたよ。どこか、そこらの物陰で着ておいたほうがいいぞ」

「わかった」

かんたんな手入れのはずが、なんだか物騒なことになってきた。

ずっと店を見張っていた吾作がやって来た。

「いま、客が入りました」

「何人だ？」

「二人です」

「ということは、勘助と女と、客二人か。あんまり混まないうちのほうがいいな。早めに突入するか」

と、本田は言った。

「ああ、おいらもそのほうがいいと思うよ」

「よし、そうしよう」

裏口があるので、そっちに魚之進と麻次、それに中間がもう一人加わった。

配置が終わると、本田が大声を上げながら、店に入るのが、裏口にも聞こえてきた。

「南町奉行所だ。おめえらのぼったくり商売については、すでに調べが済んでいる。神妙にお縄につけ！」

まずは怒鳴り声で圧倒しようという策だったらしい。なかなか気合の入った声で、魚之進よりずっと立派なものである。

それからしばらく静かになった。

――おとなしくお縄についたか。

と、思ったときである。

突如、裏口が開くと、いきなりドスを持った男二人が飛び出して来た。

その後ろから、

「ほらほら、あいつらのほうが悪党ですぜ。人殺しもやってるくらいですから」

という声がした。

訳のわからないまま、

「待て」

魚之進は十手を構えて、男の前に立った。

「かまわねえ、ぶっ殺せ」

怒号とともに、男は魚之進に凄い勢いで突進してきた。

「うぉーっ」

魚之進は叫びながら、それをかわそうとするが、明らかに勢いで負けている。十手を振り回したが、先っぽが男の肩に当たっただけで、男の構えたドスは、魚之進の腹に突き刺さってきた。

幸い、鎖帷子を着込んでいるので、刃が腹にめり込むのは避けられたが、その勢いでひっくり返った。

「旦那」

麻次が横から飛び込んできて、十手で男の首を殴りつけた。

「そっちもだ」

魚之進は起き直りながら、もう一人の男――そいつはドスを構えながら、中間と睨《にら》み合っていた。中間は、六尺棒を槍のように持ち、飛び込んできたら、それで突こうとしているらしい。

魚之進は十手を、男の足めがけて投げつけた。これは膝の上あたりに命中し、男は顔をしかめて、

「糞同心。おめえが道連れだ」

いきなり向きを変えると、魚之進に向かって来た。

「うわっ」

十手はすでに投げつけてしまったので、刀を抜くしかないが、その前に男の体当たりをくらってしまった。またもや、ドスが腹に刺さるが、これも鎖帷子のおかげで助かった。

「大丈夫か、魚之進?」

本田が来て、心配そうに訊いた。

その後ろで、店のあるじと女が神妙な顔でお縄についている。

「藪《やぶ》を突いたら、大蛇《だいじゃ》が二匹出てきたんだ」

と、本田が言った。

「大蛇？」

「去年、日本橋の油屋に押し入った兄弟で、手代二人を殺し、五百両を奪って逃げたやつらだったみたいだ」

「なんてこった」

魚之進は、呆れるしかない。

悪党四人は、両国の番屋の者にも手伝ってもらい、本田が茅場町《かやばちよう》の大番屋まで連行することになった。

「悪いが、おいらと麻次はもう一件、用事ができたんだ」

「ああ、助かったよ」

「約束は果たせよ」

「約束？」

「お前、うまいもの、つくるって言っただろうが」

「もちろんだ。期待していてくれ」

本田を見送り、富沢町に向かった。もしかしたら、耕蔵のところの下っ引きが親分の味方をするかもしれないと思い、中間を一人、借りることにした。

耕蔵の家に着いたときは、すでに五つを過ぎている。

「ごめんよ」

魚之進が戸を開けた。

耕蔵は、火鉢の前に座って、一杯やっていたらしい。魚之進を見て、

「え？　旦那は確か……」

と、盃を置いた。

酒の相手は誰もいない。ほかに物音もなく、幸い、いまは一人だけらしい。

「南の味見方の月浦だよ」

「そっちは……」

「四谷《よつや》の麻次です。にゃんこの麻次って呼ばれてますが」

と、麻次が言った。

「そうだった。いってえ、どうしたんです？」

「ここに、化粧寿司のおきわさんが来てるだろ？」

魚之進が訊くと、耕蔵の顔は強張《こわば》った。

「なにをおっしゃってるんで？」

「無理やりさらって化粧でもさせようってんだろうが。あんたの顔を、まるで違う悪党面にな」

「…………」

耕蔵の目が泳いでいる。

「あんたの手口はわかってるんだ。もう、終わりだ。あんたがしたことは、やくざよりタチの悪い、詐欺に脅迫、それに人さらいだよ」

そう言いながら、魚之進は土足で家に上がり込んだ。

「おきわはどこだ？」

「…………」

耕蔵は答えない。

「二階か」

家のなかを見回すと、奥の台所の向こうに階段が見えた。

その下に行き、

「おきわさん、いるかい？」

と、声をかけた。

「はい」

かぼそい返事がした。

「南町奉行所の味見方だ。助けに来たぜ」

「ありがとうございます」

階段を上がろうとしたとき、

「糞《くそ》っ」

耕蔵がいきなり立ち上がり、台所の包丁を摑んで突進して来た。

「神妙にしろ！」

と言ったときには、耕蔵はすでに魚之進の腹に、包丁を突き立てていた。

「うわっ」

魚之進は衝撃でひっくり返った。

「野郎！」

麻次が後ろから、耕蔵の頭を十手で殴りつけた。

ガキッ。

と、鈍い音がして、耕蔵はそのまま、崩れ落ちた。

それから半刻後――。

富沢町の耕蔵も、茅場町の大番屋に連れて行くと、まだそこにいた本田が、

「え？　なにがあった？」

と、不思議そうに訊いた。

「詳しい話は明日する。おいらはもう、今日はへとへとだ」

そう言って、大番屋を後にし、八丁堀の役宅へもどって来たのだった。

家が近づくと、ほんのり昆布だしの匂いが流れてくるのがわかった。

――お、おのぶは夜食を用意していてくれたみたいだ。

つい、嬉しくなってしまう。

腹がグウと鳴った。すると、腹がやけにひりひりしているのに気がついた。

そういえば、ずっとそんな感触があったのだ。

魚之進は暗いなかで、着物をはだけさせ、隣の家から洩れるかぼそい明かりで、自分の腹を見た。

――なんてこった。

刃の跡が三つ残っていた。

めり込むことは避けられたけど、刃の先っぽは爪の先くらい肌に突き刺さり、わずかではあるが血もちゃんと流れていた。

鎖帷子を着ていなかったら、魚之進は間違いなく、三回分、死んでいた。
――どうやって、おのぶに見られないようにしよう。
役宅の門をくぐるとき、魚之進はそのことを必死で考えていたのだった。

第三話　カラスの黒鍋

一

魚之進が、麻次とともにいつものように町回りをしている途中である。昼飯を食うのに入った馬喰町《ばくろちょう》の一膳飯屋で、

「カラスを食ってるやつらがいるんだよ」

「カラスなんか食えるのかよ」

「たとえ食えても、おれは食う気にはなれねえな」

「まったくだ」

隣の縁台からそんな話が聞こえてきて、

「おい」

と、魚之進は声をかけた。

カラスの甥っ子くらいに真っ黒に陽に焼けた男二人である。

「なんでしょう？」

「いまの話だが、ほんとにカラスを食ってたのか？」

「ええ。カラスを捌《さば》いているところは見てないんですが、そいつらの周りはカラスの

羽根で真っ黒になっていたんです。それで、鍋で煮たやつを食ってたみたいですが、食うんじゃなきゃ、あんなに羽根だらけにはならないでしょう？」

「どこで見た？」

「神田《かんだ》川の川原ですよ。和泉《いずみ》橋からちっと下流に来たあたりの砂地です。あっしは、荷船を漕《こ》いでいて、近くを通ったんでさあ。あんな縁起の悪い鳥を食うなんざ、よほど飢《う》えているんでしょうね」

「今日か？」

「ついさっきです。まだ、やってんじゃないですかね」

「どんなやつらだった？」

「顔はあまり見てませんが、大方、山賊や海賊の類《たぐ》いでしょうね」

魚之進は麻次を見た。

「行ってみますか？」

「ああ」

川原とはいえ、江戸のど真ん中で、山賊だか海賊がカラスをつぶして食っているというのは、味見方としては、見過ごしにはできない。

そそくさと昼飯を終え、魚之進と麻次は、神田川へと向かった。馬喰町からはすぐのところである。

大川《おお》などは、土手を高くしているので、水がすぐ近くまで迫っているが、神田川の下流の南岸あたりは、土手もあるけれど、水の量はそう多くないので、草地や砂地も広がっている。

二人は柳原《やなぎわら》土手の上から、川原全体を見回した。

「旦那、あそこに」

麻次が指差したあたりに、男たちが集まっている。

「ああ、行ってみよう」

土手から河川敷に降り、葦《あし》が繁っているのをかき分けて、砂地のほうに向かった。

流れに近いほうに集まって、鍋を囲んでいる。唄こそうたっていないが、ほとんど野外の宴会である。

男たちは四人。武器などを持っているようすはないが、警戒しながらゆっくりと近づいて行く。

十間《けん》ほどのところに近づいて、

「うわあ」

魚之進は思わず声を洩《も》らした。

羽根が散らばっている。

以前、本田の姉のおつねが、カラスの羽根をむしっていた場面を思い出してしまった。だが、落ちている量は、あんなものではない。あたり一面、敷き詰めたみたいに黒くなっている。

男たちは、ちらりとこっちを見て、なにか互いに小声で言い合ったみたいである。

「町方の者だ」

と、魚之進は十手を見せた。

「ご苦労さまです」

男たちは頭を下げた。逃げようとする気配も、歯向かおうという闘志も見えない。

鍋がのぞけるあたりまで近づいた。安酒の臭いも漂ってくる。

見ると、鍋のなかは真っ黒になっている。

「げっ」

魚之進も気味が悪い。これでくちばしの先でも見えようものなら、吐いてしまうかもしれない。

「その羽根はカラスの羽根か？」

魚之進は訊いた。

「はあ」

それがどうかしたかという顔である。

「カラスを食ってるのか？」

「ええ、まあ。カラスだけじゃなく、魚でも虫でも、食えるものはなんでも鍋に入れてますがね」

言葉にくぐもったような訛《なま》りがある。たぶん、北のほうから来ている男たちだろう。

「カラスって食えるのか？」

と、魚之進は訊いた。

「食えるのかと訊かれても、現にこうして食ってますのでね」

「ううむ」

「旦那方も食いますか？」

男の一人が笑いながら訊いた。

「いや、いい」

「じゃあ、酒を一杯だけでも？」

「それもいい」

胸がむかむかしてきている。

「町奉行所の方ですか？」

男の一人が訊いた。

「ああ、そうだよ」

「江戸では、カラスを食ってはいけないというお定めでもありますので？」

「そういうものはないが……」

だいたい、カラスを食う者がいない。

「食い詰めて奥州《おうしゅう》からはるばる江戸に出て来たんです。江戸の人には迷惑はかけませんので、どうかお見逃しを」

言葉使いに険《けん》もない。山賊や海賊などとはまったく違うだろう。真面目に働いてきた男の雰囲気が、顔にも言葉使いにも漂っている。よく見れば、着物も汚くはないがだいぶ粗末で、これからの季節は腹になにか入れておかなければ、寒くて仕方がないだろう。

魚之進は麻次を見た。

麻次は首を横に振った。咎《とが》めだてするほどでもないでしょうという意味である。

「うん。ま、身体には気をつけてな」

魚之進はそう言って、男たちに背を向けた。

二

この晩——。

定時に役宅へもどると、今日の晩飯はすっかり好物になったうどんだった。たっぷりのキノコに、刻んだアブラゲ、さらにゴボウの天ぷらまで載せてくれている。

一通り食べて、

「うまいなあ」

しみじみと言った。

「ありがとう」

「このゴボウ、柔らかいね」

太めに切ったのを揚げているのだが、ふつうだったらもっと固いはずである。

「うん。いったんダシで煮込んだやつを天ぷらにしたから」

「へえ」

意外に細かい技も使っているのだ。

「でも、ゴボウは歯ごたえがあったほうがいいので、次は、薄めに切って揚げるようにするね」

「それも楽しみだな」

「今日は、面白いことはあった？」

おのぶがさりげない調子で訊いた。だが、じつは訊きたくてたまらないのを、我慢していたに違いない。

「うん。まずは晩飯を済ましてからにしよう。食欲が無くなるかもしれないから」

「うわっ、楽しみ」

ここらの図太さは、男顔負けである。

満足してうどんを食べ終え、茶を一杯すすって、

「じつはさ……」

と、神田川の川原で見かけたカラスの黒鍋のことを話した。〈黒鍋〉なんて言葉はないが、あれはそう言うしか言いようがない。

「まあ、カラスを食べてたの……」

もともと横に長いおのぶの口が、さらに伸びて山のかたちになった。もし、飯前に言っていたら、さすがのおのぶの食欲も、いくらか減退したことだろう。

「うん。可哀そうと言えば、可哀そうなんだが、食っているところを見たら、気味が悪くて、吐きそうになってしまったよ」

「でも、カラスって、見た目が黒いってだけで、なんか必要以上に気味悪がられているところはあるよね」

「確かにそうだな」

「そっちの霊岸島《れいがんじま》のほうに行くと、ユリカモメがいっぱいいて、カラスといっしょになったりするんだけど、ユリカモメのほうが威張ってて、カラスを苛《いじ》めたりしてるよ」

「そうなの？」

魚之進も、昔はよく用もないのに町をぶらぶらしていたが、おのぶにもその傾向がある。似た者夫婦なのかもしれない。

「でも、ユリカモメを気味が悪いとか言う人は、あんまりいないよね」

「うん」

確か、古い歌にもうたわれていたのではないか。

「ユリカモメを食べている人を見かけても、カラスほど気味悪く思われたりはしないんじゃないの？」

「ほんとだな」

「それにカラスのことは、江戸の人間は不気味に思う人が多いけど、国によっては、神聖な鳥として崇《あが》めているところもあるんだよ」

「そうなの？」

「紀州《きしゅう》の熊野《くまの》なんかは、神の使いだと言う人もいるよ。八咫烏《やたがらす》といって、絵もよく見るよ。こんな感じ」

と、おのぶは描いてくれた。

「足が三本あるの？」

と、魚之進は訊いた。

「そう。熊野神社の護符《ごふ》にも、これが描いてあるよ」

「ほんとに足が三本あるの？」

「それは、神の使いってことで、そんなふうにしたんだと思うけど」

「だよな」

「神の使いだったら、逆に食べるのははばかられるから、少なくともその人たちは、熊野の人ではないかもね」

「うん。奥州から来たと言ってたよ」

「なんか、わざわざ江戸に来て、川原でカラス食べなきゃならないなんて、可哀そうな気がするね」

「まったくだ」

だが、江戸というところは働き口も多いのである。カラスの黒鍋で精でもつければ、なんとか食い扶持《ぶち》くらいは見つかるのではないか。

三

翌朝——。

奉行所に向かう途中の材木河岸《ざいもくがし》あたりにも、カラスがいっぱいたむろしていた。流れてくる死んだ魚などをあさっているらしい。ああいうところも、カラスを不気味に感じる一因になっている。

そのようすを見ながら、

——だが、カラスというのは、本当に食えるのか……。

ふと、そう思った。

あのくちばしだの、真っ赤な口のなかだのを見ると、毒キノコと似ている気がして、毒があっても不思議はない気がする。あの四人は食っていたが、今日あたりは腹痛を起こし、どこかで死にかけていたりするのではないか。

——そういえば……。

お奉行が言っていたが、魔食会になんでも食う人がいるらしい。そういう人なら、カラスも食ったことがあるのではないか。

奉行所について、奉行の筒井和泉守の部屋をのぞくと、わりと暇そうにしている。この奉行は、同心などにも親しく口を利いてくれるので、なんでも訊きやすいのだ。

「お奉行……」

と、遠慮がちに声をかけた。

「お、月浦。どうした？」

「先日、魔食会のことで、なんでも食うという人のことをおっしゃってましたよね」

「ああ、生きものは、ほぼぜんぶ食ったと豪語していたな」

「じつは……」

と、手短にカラスの黒鍋のことを話し、

「カラスというのは本当に食えるものなのか、気になってきまして」

「なるほど。では、直接尋ねてみるといい。いま、紹介状を書いてやる」

と、筒井は簡単な紹介状を書いてくれた。

「ありがとうございます。さっそく行ってきます」

と、魚之進は奉行所を出た。

麻次もすでに奉行所前の広場に来ていたが、一人で向かうことにした。麻次もここにいれば、岡っ引きの仲間から、いろんな話を聞くことができたりする。

向かっている場所は高輪《たかなわ》である。

そこの久留米《くるめ》藩の下屋敷。紹介してくれた深海慶三郎《ふかうみけいざぶろう》という人は、久留米藩の江戸詰めの重役だという。やはり、金と暇がなければ、魔食なんて妙なものを道楽にすることはできないのだ。

門番に、身分を告げ、

「深海慶三郎さまに」

と、筒井から預かった紹介状を渡した。

しばらく待つと、若い武士が来て、

「どうぞ、こちらに」

と、案内されたのは、藩邸のなかではなく、裏手の庭のほうである。ここは、敷地全体が、東海道に面した海辺から、高輪の台地に向かって、傾斜するかたちになっている。

「池のほうにおりまして」

と、若い武士は言った。

その池は、面白いことに、海辺よりではなく、台地の上のほうにあった。振り返ると、すぐ前に、江戸湾が広がっている。

「深海さま。ご案内しました」

池をのぞいていた四十前後の武士が立ち上がって、

「おう、筒井どののご配下の……わざわざご苦労だったな」

と、言った。上背もあるし、固太《かたぶと》りの頑強そうな身体をしている。さぞや、武芸にも励んだことだろう。こういう身体の人なら、なにを食っても、具合が悪くなることはないのかもしれない。

「お忙しいところを申し訳ありません」

魚之進は、深々と頭を下げた。

「なに、かまわぬさ。こっちの屋敷は、上屋敷と違って用も少ないのさ。いまは、鯉《こい》に餌《えさ》をやっていたのだ」

池も広いが、そこに鯉がうじゃうじゃ泳いでいて、あっちでもこっちでも、飛び跳ねて水しぶきを上げている。

「ずいぶんいますね」

「そうだな。だが、これは見るための鯉ではない。まあ、錦鯉《にしきごい》も少しは入れているが、じっさいは食うための鯉を育てているのだ」

「そうなので」

目の前は高輪の海である。魚はいくらでも揚がるだろうに、わざわざ池の鯉を食わなくてもよさそうである。

そんな魚之進の思いを嗅ぎ取ったのか、

「飢饉《ききん》に備えるためにな」

と、深海は言った。

「飢饉に？」

久留米藩と言えば、九州でも屈指の豊かな藩と聞いている。そんなところでも飢饉の心配はあるのだろうか。

「わが藩は、なにもなければ米も作物もよく穫れるのだが、ときおり水害に襲われて、米が全滅したりする。そんなときに備えて、百姓たちに溜池で鯉を育てさせようと思い、どんな餌がいいか、一つの池でどれくらい育てられるかなどを試しているのさ」

「それは、それは」

魔食会に入っていると聞くと、贅沢《ぜいたく》な食事を楽しむばかりと考えてしまうが、そんな単純なものでもないらしい。

「それで、なにしに来たのだったかな？」

深海は思い出したように、魚之進に訊いた。

「はい。じつは……」

と、魚之進はカラスの黒鍋のことを語り、

「そもそもカラスが食えるのかと疑問を持ちまして」

「食えるさ」

深海は簡単に断言した。

「毒はないですか？」

「毒はないな。ただ、腐ったものでも食うやつらだから、うっかり胃に残っているそれを食ったりするといかんわな」

「なるほど」

「肉に毒はないよ」

「深海さまは、召し上がったことは？」

「なんべんもあるさ」

「ははあ」

「一口にカラスというが、たぶん種類はいくつかある。くちばしの太いのと、細いのといるし、毛並の違うカラスもいる。もっとも、わしはそのどれも食ったことはあるがね」

「うまいのですか？」

「うまいと思ったことはないな。それに、独特の臭みもある。食うときは、料理に工夫がいるわな」

「工夫ですか」

「いちばん簡単なのは、ショウガといっしょに味噌煮にすれば、臭みは消え、ほかの鳥の肉を食うのとさほど変わらなくなるな」

あいつらが食べていたのは、味噌の匂いはしなかった。ショウガの匂いもしなかった気がする。

「肉の色はやっぱり黒いんですか？」

「黒くなどない。むしろ赤みが強い」

「そうなので。だが、煮ると真っ黒になったりするのでは？」

「黒くなどならぬ。それは、羽根の色からくる妄想だろう」

「そうなので」

あの鍋は、真っ黒になっていた。あれは、なんでついた色なのか？　まさか、羽根もいっしょに煮たわけはないだろう。

「カラスは屍肉《しにく》をあさるからと言って、嫌がる者が多いが、われら人間だって、魚でも猪《いのしし》でも、食っているのは皆、死んだものだろう」

「確かにそうです」

「それなのに気味悪く思うのはおかしいわな」

「言われてみればそうですね」

深海の言っていることには道理がある。

「ほかに、カラスは共食いをすることを毛嫌いする者もおる。だが、それだって、人間はじっさいには肉を食い合ったりはしないが、戦《いくさ》だの金儲《かねもう》けだのの実態を見れば、ほとんど共食いみたいなものだろう」

「ははあ」

「まあ、わしに言わせれば、食の世界は偏見に満ち満ちているのさ」

「ほんとにそう思います」

魚之進のこれまでの味見方の経験からしても、つくづくそう思う。

「カラスなどは、飢饉のときにはどんどん食うべきだろう。百姓だけではない。武士も、もし籠城《ろうじょう》などしたときは、なんでも食えるように、ふだんからいろんなものを試して、なんでも食えるようにしておくべきだな」

「勉強になりました」

虫を食うべきだという意見は聞いていたが、それにカラスも加わったわけである。

「味見方というのか?」

深海はもう一度、筒井の紹介状に目をやってから訊いた。

「はい」

「面白そうな仕事だ。当藩にはないな」

「よく食べ歩きばかりしているように誤解されます」

「そんなもの、奉行所がつくるわけはないわな」

「ええ。だが、食にまつわるできごとには、変わったものも多く、面白いと言えば、面白い仕事だと思います」

「うむ。そなたも今度、魔食会に顔を出してみたらいい。面白い話が聞けるぞ」

いだろう。

「ありがとうございます」

とは言ったが、一介の同心が行けるような集まりではない。たぶん、伺うことはな

四

奉行所にもどり、町回りに出る前にいったん同心部屋に入ろうとすると、

「月浦。これを見ておくように」

と、与力の安西佐々右衛門から紙を手渡された。

「手配書ですか？」

「お下知者《げちもの》のな。まあ、江戸の真ん中あたりまでは来ないと思うが、いちおう目を通しておいてくれ」

「わかりました」

お下知者とは、地方で罪を犯して江戸に逃げ込んで来た者のことである。

人相書もついている。

そのときは、ちゃんと見ないで外に出て、待っていた麻次とともに歩き出してか

ら、思い出したように手配書を広げた。

「あれ？」

「どうしました？」

「この二人、見覚えがないか？」

魚之進が手配書を麻次に見せると、

「ああ、あいつらですよ。カラスの鍋を食っていた」

と、すぐに言った。やはり岡っ引きは、こういうものを見慣れている。

「あ、そうか」

「江戸の人に迷惑はかけないとか言っていたのはこいつでしょ」

と、和作《わさく》と名を書かれたほうを指差した。

「確かにそうだ」

「こっちも、髭《ひげ》が伸びてたけど、このげじげじ眉は間違いありませんよ」

「だが、そんなに凶暴そうな連中には見えなかったよな」

「あっしには、むしろ善良そうな連中に見えましたけどね。いったい、なにをしでかしたんです？」

「殺しだよ」

「殺してすか……」

麻次は意外そうに目を瞠《みは》った。

「この二人は、奥州の福乃島《ふくのしま》城下で、穀物問屋の〈吾妻屋《あづまや》〉の手代《てだい》を殺して逃げたんだそうだ」

「関所とかはどうしたんですかね。奥州ってえと、白河《しらかわ》の関があって、通り抜けは難しいんじゃねえですか？」

「ところが、そうでもないらしい。夜になってから、ちょっと回り道すれば、関所破りは簡単らしいよ」

「そうなので」

「同心がこんなこと言っちゃまずいけどな。じっさい、そういうものらしいから仕方がないよ」

関所破りが簡単なのは、白河の関所に限らない。箱根《はこね》でもどこでも、関所破りが難しくないのは、近辺の住人は皆、知っているというのだ。それはそうで、田んぼ道や山道のすべてに、柵をつくり、見張りを置くわけにはいかないのだから。

「どうします？　すぐにふん捕まえますか？」

麻次が訊いた。

「うむ」

魚之進は迷った。

とすると、奉行所にもどって、人手を借りなければならない。二人を捕まえるとなると、少なくとも三倍の六人ほどで行くべきだろう。

「だが、いま行っても、あそこにいるとは限らないぞ」

「それはそうです」

「とりあえず、あそこらにいるかどうかを確かめよう」

と、神田川の川原に向かった。

「いるか？」

柳原土手の上から眺《なが》める。川原全体は、葦が風になびき、爽やかな秋の気配が漂っている。ただ、カラスの黒い羽根で覆われたあたりだけが、いささか禍々《まがまが》しい。

「いますが、二人だけですね」

「ほんとだな。しかも、手配書の二人はいないみたいだぞ」

「そうですか？」

ここから二人がいるところまでは、半町以上離れている。

土手を下り、葦のなかに隠れながら、ゆっくり近づいた。まるでカルガモの子どもにでもなった気分である。

　すぐ近くまで来て、

「ほら、やっぱり、手配書の二人はいない」

　と、魚之進は言った。

「そうですね。これが出回ったことを知って、逃げたのでしょうか？」

「あるいは、火盗《かとう》改めあたりに捕まったか」

「それもありますね」

「だが、変だよな」

　魚之進は首をかしげた。

「なにがです？」

「手配が回るようなやつが、わざわざこんな目立つことをするかな」

「なるほど」

「しかも、カラスの黒鍋。見たやつは、かならず誰かに話すぞ」

「噂になりたがっていたんですかね」

「なにか訳がありそうだ」

「どうします？」

「とりあえず、話を聞いてみよう」

立ち上がって、葦の原から砂地に出ると、二人の前に行き、

「今日は二人かい？」

と、魚之進は声をかけた。

「そうなんですよ」

「あとの二人はどこに行ったんだ？」

「おらたちは知りませんよ」

「仲間なんだろ？」

「違いますよ」

首を横に振ったが、どこか嘘臭い。

「でも、訛りはいっしょだったろうが」

「ああ。あの二人も奥州から来たみたいですのでね」

「ふうむ」

魚之進は、手配書を見せようか迷った。

仲間なら、この二人の報せを受け、ふたたび逃走してしまうだろう。だが、仲間ではなく、人殺しだったとわかれば、どこにいるかを教えてくれるかもしれない。

迷った挙句に、

「こういうのが回ってきたんだ」

と、見せることにした。

「え？」

二人は、手配書の人相書を見て、互いに顔を見合わせた。まずいことになったな、という雰囲気も窺《うかが》える。

「どうだ、あの二人だろう？」

「そうみたいですが」

「人を殺してるんだ」

「そんなふうには見えなかったですけどね」

「隠し立てすると、お前らにも罪が及ぶぜ」

「それはわかってますよ」

二人とも、厳しい顔をしてうなずいた。

覚悟のうえということなのか。

「また、顔を出すと思うか？」

「さあ。仕事を捜すと言ってましたので」

「来たら、近くの番屋に報《しら》せてくれ。おいらは南町奉行所の月浦という者だ」

「わかりました」

魚之進は立ち上がり、まだぐつぐつ言っている鍋に目をやって、

「ところで、それをおいらにも食わせてもらえないかい？」

と、訊いた。

ふと、食ってみないと、なにもわからない気がしたのだ。やはり、この黒鍋は怪しい。久留米藩の深海慶三郎も、カラスの肉を煮ても、黒くはならないと言っていた。

「え？」

二人は顔を見合わせた。

「カラスの鍋だろう？　食ってみたいんだ」

「やめたほうがいいですよ」

「なんで？」

「あっしらは食い慣れてますが、江戸の人が食うと、腹痛を起こすかもしれませんよ」

「なあに、大丈夫だ。カラスの肉なんか食ったことないから、食ってみたいんだよ」

「見た目ほど変わった味じゃありませんよ」

なんとか食べさせたくないらしい。

「一口だけでいいよ」

箸をつかみ、すばやくカラスの肉らしい塊をつまんで食べた。

けっこう嚙みごたえがあるが、何度か嚙んでいると、覚えのある味が口のなかに広がった。

「へえ、こういう味なのか」

二人は気まずそうにしている。

「馳走になったな」

そう言って、魚之進はその場を離れた。

柳原土手にもどって後ろを振り返り、

「よう、麻次。あれは、カラスの肉なんかじゃないぞ」

と、魚之進は言った。

「そうなので？」

「イカだよ、あれは」

「イカ！」

「ああ。イカを煮て食ってるんだ。黒いのはイカスミを入れているからだよ。だから、あんなに真っ黒なんだ」

「どういうことです？」

「どういうことなんだろうな？」

なにか、まだわかっていない事情があるに違いない。

五

月浦家の今晩のおかずは、偶然にもイカと里芋の煮ものに、沢庵《たくあん》の古漬けを細かく刻んだもの、それと玄米のごはんに、コンブとワカメとテングサの味噌汁だった。

おのぶのつくる飯は、やっぱりなんか変わっている。

たとえば、この味噌汁も、お静だったら、ぜったいつくらなかった。海藻の三段攻撃になっている。しかも、ワカメはともかく、コンブやテングサを味噌汁に入れるだろうか。

だが、けっしてまずくはない。

まずくはないが、歯ごたえとか、ざっくりと切ったところなどに、料理というより、包丁稽古といった武芸の趣きが漂っている。

二人でかなり嚙みごたえのある玄米と沢庵に口をもぐもぐさせていると、

「カラスの黒鍋の件だけど……」

と、おのぶが言った。

「つくってみるとか言わないでくれよ」

「さすがにそれは無理」

「よかった」

「でも、気になって、今日はずっと楓川《かえで》の岸でカラスを見ていたの」

「へえ」

「カラスって賢いね」

「そうなの」

「漁師の舟が積んでいたハマグリを、ぱあっと飛んでいって盗んだの」

「ハマグリを？」

「殻が硬くて食べられないと思うよね」

「くちばしでこじ開けた？」

「違うの。空の上まで持っていって、瓦《かわら》屋根に落としたの」

「割ったんだ？」

「そう」

「そりゃあ、賢いな」

魚之進も感心した。なかなか思いつくことではない。

「しかも、愛嬌《あいきょう》もあるし」

「それは愛嬌あるかもな」

「それで、あれを殺して食べるのって、つらいものがあるなあって思った」

「なるほど」

「それから、霊岸橋のたもとに鳥屋があるでしょ。あそこに行って、おやじさんに訊いてみたのよ」

「カラスが食えるかって？」

「うん。おやじさんが言うには、うまいまずいは別にして、食えない鳥はないだろうって。そこらにいるスズメだのハトだのも食えるからって」

「ハトも？」

「ハト、おいしいらしいよ」

「へえ」

まだ食べている途中だったが、魚之進はいったん箸を止め、

「今日はいろいろわかったんだ」

「そうなの」

「まず、久留米藩のお偉いさんで、なんでも食べるという人を訪ねて訊いてみたら、カラスの肉は確かに食えるそうだ。毒もとくにはないらしい。ただ、カラスは腐ったものも食うので、捌《さば》くときに気をつけなきゃならないそうだ」

「なるほどね」

「それと、これだ」

おのぶに手配書を見せた。

「お下知者だね」

八州廻りの役人の娘だけあって、よく知っている。

ざっと目を通したところで、

「その人相書の二人が、昨日、黒鍋を食っているなかにいたんだ」

と、魚之進は言った。

「そうなの」

「でも、今日、もう一度行ったときは、あの二人はいなくなっていた」

「手配されたことがわかったんだろうね」

「だとしたら、早過ぎないか？」

「だって、張り出されるんじゃないの。日本橋のたもととかに」

「そうだった」

そんな当たり前のことを忘れていた。

「それを見て逃げたんだよ」

「あるいは、逃がしたかだな。なあ、おのぶ。もっと驚かせてやろうか？」

「なに？」

「じつは、あいつら、カラスを食べてはいなかったんだ」

「なに、それ、どういうこと？」

「死んだカラスの羽根をばらまいて、鍋を黒くし、いかにもカラスを食っているみたいなふりをしていたんだ」

「そうなの？」

「じつは、これだった」

と、おかずの皿から、輪切りにしたイカを持ち上げた。

「イカ？」

「そう。黒いのは、イカスミを入れていたからだよ」

「魚之進さん、食べたんだ？」

「食べなきゃわからないだろう。カラスかもしれないけど、なんか変だなという気持ちもあって、食べてみたのさ。あいつらは、しらばくれていたけどね」

「凄いねえ、魚之進さん」

「仕事だからな」

道楽の食べ歩きなら、ぜったいに食べない。

「びっくりだね」

「でも、肝心なのは、なぜ、そんなことをしていたのかだろ。それが、いくら考えても、わからないのさ」

「訊いても言わないでしょうね」

「言わないいな」

しらばくれるか、嘘を言われるだけだろう。

「ほんとに食べたことはあるのかもしれないね」

「カラスを？」

「だって、奥州のお百姓でしょう。当然、飢饉に悩まされたこともあったはずよ」

「確かに。そのときに食ったわけか」

「でも、いま、なぜ、カラスを食べる真似をしなきゃならないか」

「合図か」

魚之進は膝を打った。

「なんの合図？」

「もしかしたら一揆をやったんじゃないか」

「なるほど」

「一揆の残党の再結集があるのかも」

「わざわざ江戸で？」

「それも変か？」

「でも、殺されたのは穀物問屋の手代だよね。だったら、穀物がらみでお百姓と揉《も》めてもおかしくはないよ」

「一揆より、そっちか」

だが、なぜ、カラスを食っているふりをしたのかについては、まるで見当がつかない。明日、もう一度、あの場所に行かなければならないだろう。

六

翌日——。

　奉行所に行くと、すでに来ていた麻次とともに、神田川の川原に向かった。ところが、今度は誰もいない。

「あとの二人も逃げちまったのかな」

　魚之進は顔をしかめた。だとしたら、こっちの不手際だったかもしれない。最初に見たときに、四人とも番屋に連れ込んで、とりあえず話を聞くべきだったのか。

「いや、また来ますすよ」

　と、麻次が言った。

「なんで、そう思うんだ？」

「ほら、そこに」

　麻次が指差したのは、積み上げられた葦の束。だが、よく見ると、そこに鍋とカラスの羽根がいっぱい隠してあった。

「また使う気か？」

「そうでなければ、こんなにちゃんと隠したりはしないでしょう」

「そうだな」

魚之進はうなずき、周囲を見回した。あのカラスの黒鍋がなにかの合図だとすると、どこかでこれを見ている者がいるはずなのだ。

神田川の南側は、柳原土手で遮られ、建物はほとんど見えていない。見えているのは、北側の佐久間《さくま》河岸に沿って並ぶさまざまな店である。

それらをゆっくり見ていくうち、

「あ」

「どうしました？」

「向こうに行くぞ」

急いで柳原土手を駆け上がり、和泉橋を渡って、対岸にやって来た。

「これだよ」

魚之進が止まったのは、穀物問屋の前である。

「ここが、どうかしましたか？」

「看板を見な」

文字を浮き彫りにした立派な看板で、まだ新しい。

「吾妻屋？　あれ？」

「うん。福乃島の、殺された手代の店も吾妻屋だ。ここも穀物問屋だぜ」

「もしかしたら、江戸店ですか」

「たぶんな」

「その前で、手代を殺した連中が、あんな目立つことをしていたんですか？」

「妙だよな」

間口は三間ほど。大店というほどではない。

店先に並んでいるのは、大豆に青豆、黒豆などのほか、ヒエやアワ、それにソバも扱っているらしい。

じっと見ていると、武士が穀物を眺めるのはおかしいらしく、

「なにか？」

と、手代が怪訝《けげん》そうに訊いてきた。歳は二十代半ばほど、いかにもそつのなさそうな、軽い笑みを浮かべている。

「ここは、江戸店かい？」

「そうなんです」

「奥州の福乃島が本店らしいな」

「ええ、よくご存じで」

「手代が殺されたっていうじゃないか」

そう言って、魚之進は十手を見せた。

「そうなんですよ」

手代は眉をひそめた。

「下手人の探索の通知が回ってきたよ」

「百姓の和作と米一《よねいち》ってのがやったんでしょう。まったく、ひどい連中ですよ。しかも、村から逃げて、江戸に来るなんて、とんでもねえやつらです」

「あんたも、福乃島から来たのかい？」

「いいえ、あたしは江戸雇いでして、あっちには行ったことはないんですよ」

「国許から来てるのもいるだろう？」

「番頭さんですかね。六兵衛《ろくべえ》さんといいますが」

「その番頭はいるかい？」

「いま、国許へ行ってるんです」

「あるじは江戸の者なんだ？」

「そうですが、向こうの旦那の親戚みたいです」

「あるじの話を訊きたいんだがな」

「いま、近くに出かけてます」

なんか怪しい。店の奥のほうをのぞくようにすると、ほかにも手代らしき者はいる。店になにか、重大な用事でもできたのか。

「ところで、あんたはカラスの黒鍋のことは知ってるかい？」

「カラスの黒鍋？　なんですか、それは？」

「ほんとに知らないのか？」

「知りませんよ」

どうも本当に知らないらしい。

「店で噂になっていないかい？」

「いやあ、聞いたことはありませんね」

「川の向こう岸で、ときどきやってるんだよ」

ここから、あの鍋を煮ていたあたりは見えている。鍋のなかまでは見えなくても、まわりがカラスの羽根で黒くなっているので、目立ってはいたはずである。

「いやあ、そんなものを眺めている暇はありませんでね」

手代がそう言っていると、客が来て、品物を物色し始めた。

この手代からはなにも訊き出せそうもないので、どうしようかと思っていたら、

「旦那。来ましたよ、連中が」

麻次が柳原土手のほうを指差した。

「お、来たな」

「昨日もいた二人みたいですね」

「よし、行こう」

またも対岸へと回った。

七

昨日の二人は、すでに隠しておいた鍋を取り出し、カラスの羽根をまき散らし、それから鍋のなかに持ってきた材料を入れて煮込み始めたところだった。

魚之進と麻次は、葦の茂みのなかからこのようすを眺め、鍋が煮えてきたころを見計らって、姿を現わした。

「よう」

魚之進はできるだけ気さくな調子で声をかけ、鍋の前にどかりと座った。麻次も同

様にする。お前たちを捕縛しに来たわけではないと、示したつもりである。

「今日も二人だけかい？」

魚之進は訊いた。

「ええ、まあ。旦那方も暇ですね」

「暇じゃないよ。だが、あんたたちのことが気になってね」

「気にしてもらうほどの者じゃありませんよ」

「このカラスの鍋だが、カラスの肉じゃないんだよな」

鍋のなかはすでに真っ黒である。

「え？」

「おいらにもイカの味くらいはわかるよ」

「いや、イカも入れましたが、カラスの肉も入ってますよ」

「黒いのはイカスミだろうが」

「でも、カラスも」

「まあ、それはいいや。それより、わざわざこんなことしてるのは、向こうの吾妻屋の誰かに見てもらいたいんだろう？」

「え」

「そこまでの見当はついたんだ」

「…………」

二人は何度も顔を見合わせた。逃げようとはしていないが、まずいことになったと思っているらしい。

「手配書の和作と米一だが、あんたたちは二人が殺したとは思っていないんだろう？」

「殺してませんよ。あの二人がそんなことをするはずがありませんから」

「やっぱり仲間なんだろう？」

「ええ」

「詳しいことを話してくれないかい？　おいらはいままでも、むやみに人を縛ったり、証拠もないのに、下手人扱いをするようなことはしていないつもりなんだがね」

魚之進がそう言うと、二人はいっしょにうなずいて、

「おらたちは、福乃島藩の岡部《おかべ》村ってところの百姓で、おらは甚兵衛《じんべえ》で……」

「おらは与作《よさく》と言います」

と、二人は名乗った。

二人ともまだ若い。二十代の半ばほどだろう。

「和作と米一は？」

「やはり岡部村の百姓で、幼なじみです」

「なんで、こんなカラスの黒鍋なんか始めたんだ？」

「いまから三年前、福乃島藩はひどい飢饉に襲われました。とくに、岡部村では食いものはほとんど無くなり、川の魚や山の獣も食い尽くして、ついにはカラスまでつぶして、食っていました」

「そうか」

「そのカラスの鍋を食っているとき、おらたちに同情してくれたのが、吾妻屋の番頭さんでした」

「ほう」

「岡部村では、その何年か前から、山を開墾《かいこん》して、豆やソバなどをつくっていて、それは吾妻屋が買い上げてくれたから、いい実入りになっていたのです。それで番頭さんは、食うものがなくなったおらたちに、先に納入していた豆やソバの一部をもどしてくれたのです」

「恩人ではないか」

「大恩人ですよ。おかげでおらたちは、ぎりぎりのところで飢え死にせずに済んだのですから」

「うん」

「ところが、そのあと、吾妻屋は旦那が急に亡くなり、娘の亭主が新しいあるじになると、店のやり方もがらっと変わったのです」

「ははあ」

「それまで買い取ってくれた雑穀の値は半分ほどに下げられ、しかも誰に聞いたのか、飢饉のときに恵んでやった分も返せと言い出しまして」

「それは揉めるわな」

「そうなんです。それで、揉めたときに、交渉に行っていた和作と米一が吾妻屋の手代を殴り殺したってことになっちまったんです」

「証拠はあるのか？」

「ありませんよ。ただ、和作と米一が殺したと、向こうのあるじが騒ぎ立てたもので、二人は逃げるしかなくなったんです」

「なるほど」

「でも、和作と米一が逃げたあと、二人が藩庁に出そうとしていた訴状が見つかったんです。それを読んでもらえば、吾妻屋とおらたちの揉めごとについても、けっして殺そうなんて考えていなかったことも、藩のお役人にわかってもらえるかもしれません。ただ、その手順をちゃんとやらねえと、なにせ今度の吾妻屋のあるじってのは、口は達者だし、お役人に賄賂《わいろ》は使うしで、逆手《さかて》に取られかねません」

「それはそうだ」

「それで、おらたちはその訴状を持って、和作と米一を追いかけて、江戸に来たわけです」

「訴状は？」

「宿に隠してあります」

「和作と米一もいるんだろう？」

「はい」

「だが、ここでカラスの黒鍋をしている訳は？」

と、魚之進はいちばん気になっていたことを訊いた。

「じつは、以前、おらたちによくしてくれた番頭さんが江戸店の番頭になってしまったんです」

「六兵衛という人か？」

「あ、そうです。それで、江戸店まで来たのですが、どうもこっちのあるじも新しいあるじの息がかかった人みたいで、迂闊《うかつ》に近づくわけにはいかないぞとなったのです」

「それで、カラスの黒鍋か？」

と、魚之進は大きくうなずいた。

「そうなんです。あれを見れば、六兵衛さんはあのときのことを思い出し、おそらくおらたちが福乃島藩から逃げたことも伝わっているだろうから、ここまで近づいて来てくれるんじゃねえかと」

「来るだろうな。だが、いま、番頭の六兵衛は国許にもどっているらしいぞ」

「そうなので」

と、二人は落胆した。

「だが、よく話してくれた。おいらはできるだけ、お前たちのいいように動いてみるつもりだが、それにはお前たちにも協力してもらわないとな」

「わかりました」

二人にはここにいるように言って、もう一度、佐久間河岸のほうにもどった。まずは江戸店の事情を、魚之進の目で確かめるつもりである。

八

「あるじもそろそろもどったんじゃないか」

そう言いながら、吾妻屋の江戸店の近くまで来たとき、向こうから見覚えのある武士が中間を伴ってやって来るところだった。

「あ」

なんと、義父の犬飼《いぬかい》小源太《げんた》と行き会った。

「なんだ、婿どのではないか」

「これはどうも……」

魚之進は、こういうときはなんと挨拶したらよいのかわからない。格式ばったことが苦手なのである。

だが、義父は親しげな笑顔で顔を寄せてきて、

「どうです、おのぶはそつなくやれてますか？」

と、訊いた。

「そつなくなんてもんじゃありません。もう、あんなにできた嫁が来てくれたなん

て、ほんとにありがたいと思っています」

直立して頭を下げた。それは、本心から思っている。

「はあ。あの素《す》っ頓狂《とんきょう》で、変わり者の娘がねえ」

「そんなに変わり者だったんですか？」

確かに変わってはいるが、親が言うほど変わっているとは思えない。

義父は、麻次や中間にも訊かれたくないらしく、魚之進の袖を引き、川べりのほうに引っ張って行き、

「あれは、絵の修業に京都へ行きましたでしょう」

と、小声で言った。

「ええ」

一年ほど行っていた。もし、京都に行かなかったら、あるいはもっと早く、嫁に来ていたのかもしれない。

「その前は、薙刀《なぎなた》と柔術で武者修行に出たいと言っていたときがありましてな」

「武者修行！」

「女が行くものではないと叱りつけましたが、どうも虎視眈々《こしたんたん》と機会を狙っていたみたいでしてな」

「行ったんですか？」

「京都の絵の修業が、ほんとに絵を学ぶためだけだったのか、わしには疑わしいところもあるのです」

「そうなので？」

「行くときより、帰って来たときのほうが、腕がちと太くなってましてな」

「なんと」

言われてみれば、おのぶの腕は、女にしてはかなり肉づきがいい。

「絵筆を持つくらいでは、腕は太くなりませんでしょう」

「それはそうです」

「鞍馬山《くらまやま》の護符も持っておりました」

「鞍馬山？」

「子どものころから、鞍馬山で修行がしたいと言っておったのを思い出しましてな」

「天狗相手に？」

「それが望みだったのではないかと思っているのです」

「ははあ」

若い娘が、鞍馬山で武術の修行などするだろうか。ほとんど牛若丸《うしわかまる》の世界ではないか。

「婿どの」

顔が急に真剣になった。

「はい」

「あれは強いですぞ」

「やっぱり」

「夫婦喧嘩《げんか》などなさるときは、くれぐれもお気をつけて。下手したら、大怪我をさせられますからな」

「気をつけろと言われましても」

「右の手刀が来ると思ったら、左の拳が脇腹に飛んできますぞ。まずは、その一撃に気をつけることです」

なんと恐ろしい。ほとんど達人の技ではないか。

「わかりました」

もちろん、端《はな》からおのぶと喧嘩などするつもりはない。

「ところで、父上はここになにをしに？」

「うむ。奥州街道の栗橋宿《くりはしじゅく》の近くで殺された男を調べると、宿帳にあった名前がここの六兵衛という者だったのでな」

「番頭が殺された？」

「どうかしたのか？」

「じつは、その件で調べを進めていたところでして……」

九

ここまで話の辻褄《つじつま》が合ってくると、あとは細部を詰め、福乃島でもおこなわれるであろう裁きに、こっちでつくった書類を届けさせればいい。ただ、その前に、六兵衛殺しについて、下手人などを明らかにしておかなければならない。

「婿どの。話はよくわかりました。ただ、六兵衛は殺されてすぐに身元がわかり、わしは急いでこっちにやって来た。もしも、ここのあるじの命で、動いた者が下手人なら、これからもどって来るはずですぞ」

と、義父の犬飼小源太は言った。

「なるほど」

「うまく、そいつがもどったところを押さえ、白状させられたらいいのだがな」

「では、この店を見張りましょう」

「そうだな」

「その前に、この店の事情を知っておきましょう」

「どうやって？」

「麻次。あの手代を締め上げて、六兵衛が国許へ向かった訳などを語らせてくれないか？」

魚之進は麻次に頼んだ。

「わかりました」

と、麻次はうなずき、先ほど話を訊いた手代を呼んで来た。あるじはすでに帰っていて、麻次が手代を呼ぶと不審そうにしていたらしい。

「ま、そこに座れ」

麻次は、手代を河岸の段々に座らせた。

その両脇に、魚之進と犬飼小源太が座り、前には中間がこっちを向いて立つというかたちになった。

「おい、いまから訊くことに、嘘をついたり、知らねえふりをしたりすると、おめえにお縄をかけるから、心して答えるんだぜ」

と、麻次は十手を見せながら言った。

「へい」

手代はすでに真っ青になっている。

「番頭の六兵衛は、なんで国許に行ったんだ?」

「あっしも詳しくは知らないんですが、番頭さんが国許の本店で手代が殺され、下手人として百姓二人が手配されたという話を聞き、そんなはずはないといきり立ちまして、旦那に国許に行かせてくれと頼み、旦那もしぶしぶですが許したみたいです」

「殺された手代のことは、おめえは知ってるのか?」

「いいえ、あっしは江戸雇いですので。でも、六兵衛さんが可愛がっていた手代だったみたいです」

このやりとりに、魚之進は、

——なるほど。

と、納得した。六兵衛が可愛がっていたということは、いまのあるじとは当然、折り合いも悪く、また、百姓たちとも揉めるはずがない。殺したのは、あるじか、その息のかかった者のしわざだと、六兵衛は睨《にら》んだのだろう。

「それで、六兵衛は国許に旅立った。いつのことだ?」

「三日前の朝です」

その答えに、

「うむ。話は合うわな」

と、犬飼小源太がうなずいた。

「そのあと、あるじはなにかしてなかったか？」

と、今度は魚之進が訊いた。

「旦那は、六兵衛さんがいなくなると、手代の譲吉《じようきち》を呼びまして、なにかこそこそと話していました」

「聞き取れた言葉はなかったか？」

「譲吉が顔を引きつらせて、あっしがですか？　と」

「譲吉ってのはどういう男だ？」

「あっしと同じ江戸雇いですが、身体がでかくて、若いときはけっこう暴れたりしたと自慢してました」

「譲吉はそのあと、どうした？」

「いなくなりました」

「まだ、帰ってないのか？」

「ええ」

魚之進は、義父を見た。

「よし、婿どの。帰って来たところを押さえれば、それで決まりだな」

「父上のほうで、問い詰めますか？」

「いやいや、お手並み拝見だよ」

「いやあ、そう言われると、緊張してしまって」

ただでさえ、魚之進は尋問などが苦手である。

「大丈夫だよ」

「うーん」

「なあに、わしだって、若いころの取り調べなんて、しどろもどろだったよ」

「そうですか。では、なんとかやってみます。途中で遠慮なく口を出してくれて構いませんので」

そんな話をしていたら、向こうから疲れ切ったようすの男がやって来た。

「旦那方、あれが譲吉です」

と、手代が言った。

「よし」

魚之進はうなずき、義父の前で少しはいいところを見せようと、十手を握り締めながら譲吉の前に立つと、

「あ」

「譲吉だな」

「相済みません。刺したのはあっしですが、旦那に脅されたもので……」

尋問もなにもない。義父にいいところを見せる暇もない。譲吉は十手を見ただけでへなへなと崩れ落ち、牛がゲロでも吐くみたいに、べらべらと洗いざらいしゃべり始めたのだった……。

第四話　クジラの活きづくり

一

魚之進とおのぶは、日本橋川の向こう岸、小網町《こあみちょう》の神社にやって来た。

ここで、秋祭りがおこなわれているという。

「秋祭りっていうのは、本来、収穫の祭りのはずなんだよな。こんな江戸の真んなかの小網町で、なにを収穫するのかね」

「魚之進さん。こんなにたくさんの人が楽しんでいるんだから、そういう面倒臭いことは言わないの」

「御意《ぎょい》」

魚之進は宿直《とのい》明けである。

昨夜はたいした騒ぎはなく、本石町《ほんこくちょう》でボヤが一件出たがすぐに消し止められたとのことで、出動するまでのことはなかった。

これで昼過ぎには、役宅にもどってのんびりできるのだから、こんな宿直なら三日に一度はやりたい。

神社が近づくと、菊の花を売る屋台の店が目立ってきた。

「ほら、菊の花だって収穫のうちでしょ」

「ほんとだ。いい匂いがするなあ」

「あたしは神田祭りとか三社《さんじゃ》祭りみたいな大きなお祭りより、こういう地元のちっちゃなお祭りが好きなの」

「うん、こういうのはいいよな。騒ぎもあまり起きないし」

大きな祭りだと、皆、興奮しているから、酔った連中のあいだで、かならず揉《も》めごとが起き、下手《へた》すると、死人まで出る。祭りで父や子どもを亡くした家族は、それからはずっと祭りなんか見たくもないだろう。

参道の入り口には、筵《むしろ》を張った寄席《よせ》までできていた。

「久しぶりに寄席に入りたい」

と、おのぶが言うので、のぞいてみた。落とし噺《ばなし》を三席だけ聞いて、外に出た。

「期待したほど笑えなかったね」

「うん。あれはまだ駆け出しの噺家《はなしか》だな」

おのぶは笑いについて一家言《いっかげん》を持っていて、魚之進はひそかに、絵よりも戯作《げさく》の才能のほうがあるのではないかと思っている。

「お腹が空いたね」

「甘いものがいいな」

食いものの屋台も、けっこう出ている。

婆さんが干し柿を売っていて、一つずつ買い、歩き食いはみっともないので、参道の木に寄りかかりながら食べた。

「なんか、もっと食べごたえのあるものを食べたくなってきた」

おのぶは健啖家《けんたんか》である。

「タコがうまいよ、タコがうまいよ」

ねじり鉢巻で、一杯引っかけたのか、顔を真っ赤にしたあんちゃんが、タコのぶつ切り焼きを売っていた。串に刺して焼き、さっとタレをつけ、また焼く。醬油の焦《こ》げる匂いは堪《たま》らない。

「魚之進さん、あれも食べようか」

「うん」

足だけでなく頭のところもぶつ切りにする。大きな包丁を振りかざし、いかにもぶった斬るというふうである。

銭を払いながら、

「豪快だな」

と、魚之進は声をかけた。

「へっへっへ。お侍さん。こんなんで豪快なんて言ってちゃ笑われますぜ」

「なんでだい？」

「この世には、もっと豪快な食いものがあるんですよ」

「タコの丸焼きとか言うなよ」

「違います。この世で最高に豪快な食いもの、それはクジラの活きづくりですよ」

あんちゃんは、たいそう自慢げに言った。

「クジラの活きづくり？」

牛の活きづくりは、泥棒を罠《わな》に嵌《は》めるため、魚之進が考案したでたらめ料理で、そんなものがあるわけがない。また、亡くなった兄貴は、クジラの姿焼き騒動を解決したが、あれはクジラと言っても、ずいぶん小さな子クジラだったらしい。

まさか、クジラの活きづくりなんてものがあるとは、まったく思いもしなかった。

「びっくりでしょ」

「子クジラだろ？」

「とんでもねえ。見上げるほどの大クジラですよ」

「生きたまま陸揚げするのか？」

「そりゃあ、いくらなんでも無理ですよ」

「海の上で？」

「そうなんです。クジラ漁師が銛《もり》を打ったところに、客たちがクジラの背中に攀《よ》じ登り、皮を切り、刺身を取って味わうってわけで」

「危ないだろうが」

「危ないですよ。だから、作るほうも、食うほうも命がけです。それがいいんです。まさに江戸っ子の食いものでしょう」

「うまいのか？」

魚之進も、クジラは何度か食べたことがあるが、あれを刺身で食ったら、相当、血生臭い気がする。

「そりゃあ、うまいでしょ。海の王さまの生肉ですぜ」

「ううむ」

王さまより下《した》っ端《ぱ》の家来のほうがうまい気がする。だいいち、味わってる余裕などあるのだろうか。

「それは漁師がやっているのか？」

魚之進はさらに訊いた。味見方としても、知っておきたい話である。

「漁師がやるというよりは、あっしらの親分が、いわば胴元みたいになってやってるんです。漁師に話をつけ、客を集めて、船を出すんですよ」

「考えたものだな」

感心したというか、呆れたというか、魚之進は首をかしげた。

タコの串焼きも、二人で木の陰に隠れて食べた。ちょっと歯ごたえがあり過ぎて、何度も嚙まないといけないが、それでも旨味《うまみ》が滲《にじ》み出てくる。

「魚之進さん。クジラの活きづくり、食べてみたい？」

おのぶが口をもぐもぐさせながら訊いた。

「いやあ、それはやり過ぎだろうが」

「だよね。あたしも変わった食べものには興味があるけど、クジラの活きづくりは、常軌《じょうき》を逸してるよ」

「それで、なにか起きなきゃいいんだがな」

なにか起きれば、味見方の出番かもしれない。

二

翌朝——。

筒井和泉守が、奉行所の玄関から駕籠《かご》に乗り込むところだった。目が合うと、

「月浦。なにか話があるなら、駕籠のわきで話せ」

と、声をかけられた。魚之進の顔で、言いたいことがあると察したらしい。

「そうします」

そう言って、魚之進は駕籠の真横を歩き出した。

駕籠は評定所に向かうらしく、数寄屋《すきや》橋を渡らずに左に曲がった。

「なんだ？」

筒井が駕籠のなかから訊いた。

「昨日、面白い話を聞きました。クジラの活きづくりというのがあるんだそうです」

「ああ、それはわしも知っているぞ」

「そうでしたか」

「クジラの背に乗って、肉を切り取り、その場で食うらしいな」

「わたしもそう聞きました」

「例の魔食会の面々も、何人か体験したみたいだ」

「深海慶三郎さまも？」

久留米藩のご重役で、この前、面識を得た。面白い人で、また、いろいろと話を聞いてみたい。

「あ、深海は行ってないらしいな」

「そうなので」

「そんなことをして食ってもしょうがないと言っておった。もちろん、クジラの肉は数え切れないほど食っていて、なんでも魚河岸《うおがし》の〈海獣屋《かいじゆうや》〉という店があるらしいな」

「ああ、あったかもしれません」

確か、魚河岸のずっと奥の、クジラを売るより金魚でも売っていそうなくらい小さな店だった気がする。

「そこにはときどき活きのいいクジラの肉が入ってくるらしいな」

「そうでしたか」

名前は知っていても、行ってなかったのは、味見方として怠慢《たいまん》だったかもしれない。

「わしも誘われたが、さすがに断ったよ」

「それはお奉行になにかあったら大変ですから」

「そんなにしょっちゅう、あるものではないらしいぞ」

「でしょうね」

「ただ、事故も出ている。何人か死んだらしい」

「死人も？」

「五月と八月に一人ずつ、亡くなっている」

「そんな話、聞いていませんでした」

瓦版《かわらばん》あたりが、クジラに食われて死んだとか、面白半分に書きまくっていてもおかしくない話ではないか。

「極秘にしたんだろう。もっとも、わしのところには洩《も》れてきたがな」

「クジラが暴れたんですか？」

「それもあったのかもしれぬが、溺死だったらしい」

「ははあ、溺死ですか」

それはクジラの背中から滑り落ちたり、船にクジラが体当たりしたりすれば、海に落ちて亡くなることもあるだろう。

「クジラには無暗には近づいたりしないらしいがな」

「そうなので？」

「だから、売り文句では豪快などと言っているが、じっさいはそれほど危なくはないらしい。漁師たちがさんざん銛を突き刺し、弱って死にかけているクジラの背に乗り移るわけだからな」

「なるほど。でも、そこまで気をつけても溺死人が出たんですね？」

「気になるよな？」

「ええ」

「しかも、これを仕切っているのは、潜《もぐ》りの八蔵《はちぞう》と呼ばれるやくざの親分らしい」

「親分とは聞いてました」

「わしも、そなたが暇になったら話そうと思っていたが、そなたから話してくれた。調べてみてくれ」

「はっ」

タコを釣るつもりだったのに、クジラを釣ってしまったのだろうか。

評定所に着く前に、魚之進は奉行の駕籠から離れ、南町奉行所へもどって来た。前の広場には、すでに麻次が来ていたので、クジラの活きづくりの話をすると、

「そんなものがあったんですか？」

と、驚いた。

「初めて聞くよな」

「ええ。クジラのねえ」

「麻次は、クジラは食ったこと、あるのかい？」

「あっしは、波之進さまがクジラの姿焼きの騒ぎに関わったとき、深川の店でいろいろ食わせてもらいましたよ」

「いろいろ？」

「ふつうは赤身のところですよね。でも、あのときは、皮とか喉のびらびらのところとかを食わせてもらいましたよ」

「臭いだろう？」

「ちょっとね。でも、あのときは臭みを消すため、南蛮の山椒《さんしょう》みたいなものをつけて食ってた連中もいたんですよ」

「ああ、おいらも生姜《しょうが》をつけて焼いて食べたよ」

だが、数切れだったし、二、三年前のことで、味はほとんど覚えていない。

「あっしは意外にうまいと思いました」

「深川のなんていう店だい？」

なんなら、いまからでも行ってみたい。

「大島町《おおしまちょう》の〈土佐耳屋《とさみみや》〉って店でした」

「変わった名だな」

「それなりに由来はあるみたいでしたが、忘れちまいました」

「行ってみよう」

兄貴が行った店なら、なおさらである。

「それが、あいにくと、夜中にならないと開かない店なんですよ」

「そうか」

夜中だと、いまはなかなか行きにくい。

「でも、そこは確か、漁師から直接仕入れるんじゃなくて、魚河岸で仕入れていたはずですぜ」

「だよな。そっちに行ってみよう」

「卸の店はご存じなので？」

「お奉行から聞いたんだ。海獣屋というらしい」

「それにしても、死人も出ているとはねえ」

「おまけにやくざもからんでいるみたいだし」

かなり面倒な調べになるのかもしれない。

三

魚河岸の海獣屋にやって来た。

かなり奥のほうで、やはり小さな店だった。ここらまで、仕入れや買い物に来る客は、あまり多くないのではないか。

間口は一間《けん》ほどで、奥行きもそれほどない。桶《おけ》が二つに棚と魚を捌《さば》く道具などがあるくらいだ。

あるじは、まだ若く、腕はぶら下がりたくなるほど太く、胸の筋肉は着物のうえからもわかるくらい盛り上がっているが、片足が悪いらしい。

「ここは、よく名前を聞いていたんだが、来るのは初めてなんだ」

と、魚之進は言った。

「まあ、うちの魚を食う人は、そんなにいないんでね。以後、陸のももんじ屋、海の海獣屋をよろしくってことで」

あるじはおどけた調子で言った。

「クジラ、売ってんだろ？」

「ええ。ちょうど、入ったばかりなんですが、ただ、珍しいところは無くなっちまいました。残ってるのは、赤身のところだけです」

「そんなに売れるものなのか？」

「いや、そんなには売れません。ただ、好事家《こうずか》がいて、ときどき、あそこを仕入れておいてくれとか頼まれるんですよ」

「なんでまた、クジラを？」

「元は紀州《きしゆう》で漁師をしてましてね。あっちじゃ勇魚《いさな》獲りというんですが、なかでも銛を打つ役を羽刺《はざ》しと言いましてね」

「あ、それだったんだ」

「まあね」

あるじは誇らしげに胸を張った。腕の太さと胸の筋肉は、銛を打つ男ならではのものなのだろう。

「扱うのはクジラだけかい？」

「あとは、あっしの宿敵のサメも扱いますぜ」

「宿敵？」

「漁に出ていて、この足の肉をがっぽり食われたんでね」

右足をまくってみせた。右足の太腿《ふともも》の肉が、ごっそり無くなっている。サメの一口はさすがに凄い。歯型みたいなものまで残っているではないか。

「よく死ななかったな」

「ひと月ほど死線をさまよいましたよ」

「そうだったのか」

同心になって、いろいろな傷を見てきたが、こういうのは初めてである。

「仕返しに、サメの肉を売ってるんですよ」

「そりゃあいいや」

「ただ、サメは日持ちがしないんでね。入ったら、すぐに売っちまわねえと駄目なんですよ」

「なるほど」

「あとは、エイとかウミガメとか」

「そんなもの、食う人がいるんだ？」

「江戸ってところは、なんだって売れるところなんですよ」

「なるほどな」

魚之進は、江戸の食の奥深さに、改めて感心した。魔食会などというのも、江戸だからやれるのだろう。

「ところで、クジラの活きづくりってのがあるらしいな？」

「よくご存じで」

「あんたもやるのかい？」

「いや、あっしはもう踏ん張れないんで、銛を打つのは無理ですから」

歪《ゆが》ませた表情に寂しさがにじみ出た。

「だが、危ないらしいな。人が二人、死んでるっていうじゃないか」

「そうらしいですね」

「死んだってやつはわかるかい？」

「聞いたところじゃ、やり手の札差《ふださし》〈伊東屋《いとうや》〉のあるじ銅右衛門《どうえもん》てえのと、のっとり屋と仇名されていた海苔《のり》問屋の芝屋《しばや》松右衛門《まつえもん》てえ男だそうです。大きな声では言えませんが、二人とも死んで喜んだ人間は、大勢いたみたいですぜ」

「そうなのか」

「まあ、いろいろ噂はありましてね」

「どんな噂だ？」

「クジラの活きづくりのいっさいを請け負っているのが、漁師上がりで、通称〈潜りの八蔵〉と呼ばれるやくざなんです」

「そうか、漁師上がりのやくざなのか」

「それで、死んだ二人はいろいろあったみたいでしてね」

「いろいろあった？」

「あっしも詳しいことは知らないんですよ」

知っていることだけでも訊こうとすると、

「おっと、噂をすれば」

と、あるじは目くばせをした。

「あいつか？」

「ええ。八蔵です」

子分みたいな若いのを二人連れて、八蔵はこっちにやって来た。

漁師上がりだけあって、真っ黒に焼けている。しかも、ばきばきと音を立てそうなほど、筋肉がついた身体をしている。背はさほど高くないが、上目づかいに見られたら、喉に食いつかれそうな気になるだろう。

「よう、勇魚獲り」

と、八蔵からあるじに声をかけてきた。

「これは親分でしたか」

あるじもしょうがなく返事をした。

八蔵はチラリと魚之進と麻次を見たが、ただの客だと思ったらしく、

「どうだ、売れてるか？」

あるじに訊いた。

「まあね。ただ、そんなに入るもんじゃねえしな」

「そりゃ、そうだ。伊豆《いず》あたりの連中もやりゃあいいのに、あそこの漁師はびくついてクジラをやらねえんだ」

「そうらしいね」

「安房《あわ》の漁師をけしかけてるんだが、タイでも釣ってたほうが儲かるしな」

「まったくだ」

二人の話に、

「クジラ獲りってのは勇壮なものらしいな」

と、魚之進は話に割って入った。

八蔵は一瞬、誰だ、おめえは？　という顔をしたが、

「そりゃあ、もう。あれを見たら、お祭りなんざ、ままごと遊びに思えますぜ」

いちおう武士相手の言葉遣いをした。

「しかも、親分はクジラの活きづくりをやるんだってな？」

魚之進が訊くと、八蔵は、「お前がしゃべったのか？」という目で海獣屋のあるじを睨《にら》んだ。

「いや、もうご存じだったんでね」

と、あるじは困った顔で言い訳をした。いくら元羽刺しでも、やっぱりやくざは面倒臭いのだろう。

「船もいっぱい出すのだろうな？」

と、魚之進は訊いた。

「いっぱいなんか出しませんよ。まあ、度胸のねえ漁師たちなら、ずいぶん船を浮かべるのかもしれませんが、あっしらがやるのは一艘《そう》だけですよ」

「一艘だけ？」

魚之進は海獣屋のあるじを見た。

「いやあ、あっしらは四、五艘は出してました。ひっくり返されたりすると、一艘では助けようがないんでね」

「なんだ、紀州の勇魚獲りもたいしたことねえな」

八蔵が鼻でせせら笑うと、

「………」

あるじは悔しそうに俯いた。

「おれたちのは一艘だ。一艘だけでクジラと勝負するんだ。クジラ獲りの船は、とにかく速く動くのが大事なんでね。ごちゃごちゃ集まっていたら、邪魔になるだけですぜ」

八蔵は息巻いた。

「だが、勇壮なのもけっこうだが、死人も出ているらしいじゃないか」

「え？」

「そんな危ない遊び、届けは出してるのかい？」

「届けだって？」

八蔵が食いつきそうな顔をすると、二人の子分が顎を突き出しながらこっちに向か

って来たので、

「おう」

と、麻次がすばやく十手を見せた。

「これは、町方の旦那方でしたか」

八蔵はいささかひるんだ顔をし、海獣屋のあるじのほうも驚いた。まさか町方とは思わなかったらしい。

「しかも、二人も死んでるんだってな」

と、魚之進はつづけた。

「まあね」

「遺体は上がったのか？」

「海に落ちてしまったら、なかなか上がりませんよ」

「捜したのか？」

「そりゃあ、遺体がなきゃ葬式も出せねえってんで、船を何艘も出して、捜しましたよ。でも、あんな沖合じゃ、見つからねえ。どうせ魚に食われちまってるでしょう」

「そりゃあ、おいらたちも調べないとな」

「町方の旦那たちは、海で溺《おぼ》れたやつのことまで調べるんですかい。そりゃあ、てえへんだ。まあ、頑張ってくだせえ」

八蔵は肩を揺すらせながらいなくなった。

海獣屋のあるじは、八蔵の後ろ姿を見ながら、

「クジラ獲りの船はとにかく速く動くのが大事ってことは本当です。だが、一艘だけってえのはねえ。あれは、ほんとの沖合の勇魚獲りじゃなくて、苛《いじ》められたり、弱ったりして、浜に近づいて来た、いわゆる寄りクジラだけを捕獲してるんでしょう」

と、恨みがましい目をして言った。

四

この晩――。

本田の家に、魚之進と麻次、それに中間の吾作が集まっていた。

少し遅くなったが、本田の初手柄の祝いの会がおこなわれることになったのである。

魚之進と麻次は、暮れ六つ過ぎに行くと、本田は今日は非番だったので、すでに用意も整えてあり、

「いやあ、頼んでおいたのが、なかなか入手できなかったのでな」

と、肉みたいなものを指差して言った。

「なんだ、これは？」

魚之進は臭いを嗅ぎながら訊いた。

水洗いもしてあるのか、あまり匂いはない。

「なんだと思う？」

「鹿か、熊か？」

「いや、いま、おれが嵌《は》まっていてな、これはクジラなんだ」

「クジラの肉か。そうか、お前だったか、海獣屋で、いろんな部位を買ってった人っていうのは」

「なんだ、海獣屋に行ったのか」

「うん。ちっと、気になることがあってな」

本田にもざっとクジラの活きづくりの話をした。

「クジラの活きづくりかあ。そりゃあ、危ないだろう」

「だよな」

「しかも、罰当《ばちあ》たりだ」

「罰当たり？」

「クジラってのは、どこの港でも獲ってるわけじゃないぞ。あれは、マグロだのカツオの居場所を教えてくれる神さまの魚だというので、獲るのを禁じているところも多いんだ。確か伊豆あたりもそうじゃなかったかな」

「そういえば、八蔵がそんなことを言ってたな」

「ただ、クジラは教えているわけじゃなく、単に食いものとして追いかけているだけだと思うけどな」

「なるほど」

「でも、クジラがいるところでは、マグロやカツオの群れがいたりもするわけさ。だから、漁師もそっちを獲りたがるわな」

「うん、うん」

「それに、クジラはそんなに好んで食べるやつは多くない。だから、身体が大きいだけに、なまじ捕獲しちゃうと、始末にも困るわけさ」

「そりゃそうだ」

後に、鯨油《げいゆ》を求めて、アメリカの漁船が日本の近くまでやって来たりするが、当時の日本人は、鯨油などあまり必要とはしていない。それどころか、マグロの脂身でさえ人気がなかったくらいだから、臭みのあるクジラの脂など食べる人は、そうたくさんはいなかったのである。

「しかも、近海の魚みたいに、待っていれば釣れるわけでもない」

「だろうな」

「かつて、吉宗《よしむね》公が、紀州沖の勇魚獲りを見物したことがあったんだ。素晴らしく勇壮な光景を見て、吉宗公も大いに満足したのだが、じつは船をクジラに似せて、それを取り囲み、銛を打ち込んだりしていたんだ」

「吉宗公に嘘をついたのか？」

「漁師の頭が詫びたそうだ。じつは、勇魚獲りは予定どおりにやれるものではない。クジラの来る来ないから、気象や波の条件など、いろんな都合が重ならないとやれるものではない。それで、こういうことになりましたと。吉宗公は納得し、もう一度、褒め称えたそうだ」

「なるほどな」

本田は話しながらも、手は休まずに動かしている。

「姉さんたちは食べないのか？」

と、魚之進はこの前、話を聞いたおつねを思い出して訊いた。

「食うわけないだろうよ。夕方、おれが下ごしらえをしていたら、うちの女どもは臭い臭いと大騒ぎしてたんだぞ」

「まあ、慣れないと嫌がる人もいるだろう」

「だからといって、あの騒ぎっぷりはおかしいよ。まったく、おれに嫁が来ないのは、あいつらのせいもあるんだよな」

と、本田はため息をついた。

こっちの離れを建て増しして、嫁さんと暮らすようにすればいいだけだと思うが、そういう余計なことは言わない。

竈《かまど》にかけた鍋がぐつぐつ言い始めた。

ほかに、七輪《しちりん》二つでも炭を熾《おこ》しているので、部屋のなかは暑いくらいである。

「じゃあ、そろそろ食うか」

「まずは、本田の初手柄への祝杯だ」

魚之進が買ってきた酒を、麻次が皆に注いだ。

「お疲れさん」

魚之進が言い、

「おめでとうございます」

吾作と麻次も頭を下げた。

「しかも、押し込みの悪党二人まで捕まえて」

「いや、あれは月浦のおかげだし」

「そんなことはない。突っつき出した者の手柄だ」

「ま、今日はたっぷり食ってくれ」

と、本田は嬉しそうに言って、

「まずは、いちばんうまいと言われるところだ。これは刺身で食ってくれ。焼くと、うまい脂が落ちてしまうので、勿体《もったい》ないんだ」

「ほう、どれどれ」

生姜汁と、醬油《しょうゆ》を混ぜたものに、軽くひたして口に入れる。

「うまいな。でも、魚の感じはしないな」

「だろう。ここは尾の身と言って、尻尾《しっぽ》に近いところの肉だ。活きづくりで食うなら、このあたりを食えばいい」

「なるほど」

これには麻次も感心して、

「いやあ、深川の土佐耳屋で食ったクジラとは比べものにならないくらいうまいですよ。本田さまの腕はたいしたもんですねえ」

と、絶賛した。

魚之進も、思ったよりうまかったので、

「なんか、おのぶにも食べさせてやりたくなってきたなあ」

つい、そう言ってしまった。

「おい、ここでのろけるなよ」

「いや、そうじゃなくて、あいつが変わったものが好きなのは、お前だって知ってるじゃないか」

本田といっしょに、おのぶも両国のももんじ屋で、牛の肉をむさぼり食ったこともあるのだ。

「そうか。でも、今日のは部位に問題があるからなあ」

「どこの部位だ？」

「タマがあるんだよ」

「タマって股《また》のあいだの？」

「クジラに股はないぞ」

「そうか。でも、あのタマか？」

「その名のとおりにな」

「だったら、ないしょで食わせればいいだろうが。適当なことを言って」

「それは駄目だよ。いちいち偉そうに能書き垂れて食わせるのが、料理好きの楽しみなんだろうが」

「そうだな」

特に本田の場合は、能書きを垂れたくて、食わせているようなところがある。

「安心しろ。小鍋に入れて、持ち帰れるようにしてやるから」

「それはありがたい」

「では、ほかの部位に行くぞ」

次は、白くて、薄く切った肉を出した。

「これは、七輪で軽く焼いて食ってくれ」

言われた通りにして食べる。

「ふむふむ。脂がこってりしてるな。だが、うまいよ」

「サエズリと言って、クジラのベロのところだ」

「ベロか、これが」

皆、感心する。この感心する顔を見るのも、本田は嬉しいのだ。

ここからは、タケリ、ヒャクヒロ、マメワタ、ウネス……と、次々に出され、本田の熱弁もつづいた。

最後がいちばんなじみのある赤肉のところで、これはニンニクのタレにつけて、焼いて食った。

「これは食えないけど、もらってきたんだ」

本田は自慢げに、白い、平たい棒を見せた。

「クジラの骨か？」

「骨じゃない。髭だ」

「髭？」

「堅くて、ちょっと弾力もあるだろう。からくり師は、これでゼンマイというやつをつくって、人形を動かすんだそうだ」

「へえ」

魚之進は、手に持って、しなり具合を確かめた。こんな髭があるクジラを目の当《ま》たりにしたら、どんな感じなのだろうと、ちらりと思った。

「でも、料理法については、まだまだ考えないとダメだな」

本田は殊勝なことを言った。

「充分うまいけどな」

魚之進がそう言うと、吾作と麻次もうなずいた。

「いやあ、昔の『四条《しじょう》流包丁書』という書物をひもとくと、海のものならクジラがいちばんだと記しているんだよ」

「へえ」

「だが、正直に言うと、アンコウのほうがうまいと思わないか」

本田はアンコウにも凝《こ》ったことがある。

「そう言われるとそうかな」

確かにあのアンコウ鍋は絶品だった。

「だから、もっとうまくする術《すべ》があるのかもしれないのさ」

「でも、クジラって、ほんとに魚なのかね？」

「そりゃあ、海にいるんだもの、魚だろうよ」

「なんか、陸の獣を食っている感じだよな」

「まあな」

そんなふうに雑談のほうも盛り上がり、結局、皆、大いに満足し、魚之進が持って帰った小鍋には、おのぶも舌鼓《したつづみ》を打ったのだった。

五

それから数日後――。

芝《しば》のあたりで、犬の肉を食わせる屋台の店が出ているという話を聞き込み、麻次といっしょに調べに向かうと、船着き場のあたりが騒がしい。

「どうした、なにかあったのか？」

魚之進は、ちょうど舟を岸に着けたばかりの漁師に声をかけた。

「クジラです」

「クジラだって？」

「内海に入って来たんですよ。ま、何年かに一回はあるんですけどね」

「寄りクジラってやつか？」

海獣屋のおやじが言っていたことを訊いた。

「それか、迷いクジラでしょう」

「こっちに来るのか？」

岸に近づいて来たら、大騒ぎになるし、被害を受ける舟もあるかもしれない。町方も人員を出さないといけない。

「いや、こっちには来ないと思います。品川《しながわ》あたりは遠浅で、クジラは来たくても来れませんよ」

「どこだ?」

魚之進は手をかざして沖を見渡した。だが、それらしきものは見えない。麻次もわからないらしい。

「品川のずっと沖です」

そっちに向かっていく小舟も多い。野次馬が押しかけているらしい。

「見てみたいな」

麻次に言うと、

「ええ」

と、うなずいた。

「おい、クジラを見に連れてってくれ」

と、十手を見せ、

「もちろん、船賃ははずむよ」

「わかりました」

漁師はうなずき、いったんくくりつけた艫綱《ともづな》をほどいた。

近場で魚を獲るための小舟だから、けっこう揺れる。

沖に出るほど風も冷たくなってきた。いくら内海といっても、このあたりまで来ると、やっぱり海である。葛飾北斎《かつしかほくさい》の「富嶽《ふがく》三十六景」のなかにあった、凄い波に舟が翻弄《ほんろう》される絵も、たしかこのあたりの光景ではなかったか。あれほどではないけれど、うねりもあれば、かなり大きな白波も立っている。

――こりゃ軽率だったかも。

と、後悔し出したとき、

「あ、見えてきましたよ」

漁師が前方を指差した。

最初は黒い岩みたいに見えたが、近づくにつれ、なだらかな山のかたちになってきた。ヒレも見えてくる。そのころには、周囲に小舟が集まっていて、

「あんまり近づくな、暴れるかもしれねえぞ！」

と、叫ぶ声もしている。

「でかいなあ」

と、魚之進は声を上げた。

「でかいでしょう」

「半町くらいあるのか」

「そんなにはありません。せいぜい二十間《けん》。あれは、もうちょっと小さいですよ」

「そんなに近寄らなくていいよ」

「もう少し、大丈夫ですよ」

と言ったとき、クジラの背中から潮が吹き上がった。

「うわっ」

いっせいに驚きの声が上がった。

魚之進は、舟を日本橋川のほうへ回してもらい、船頭から、

「こんなに」

と、喜ばれるくらいの船賃を払って、岸に上がった。

「どこへ行くんです？」

麻次が訊いた。

「うん。海獣屋に行ってみる」

「なるほど」

九つ（昼十二時）になると、魚河岸もだいぶ人けは少なくなっている。海獣屋はもう閉めたかとも思ったが、幸いまだ開いていた。

「よう」

「おや、このあいだの旦那」

「知ってるか、内海にクジラが入って来たぞ」

「ええ、聞きましたよ」

「早いな」

「そりゃあ、漁師がいっぱい出入りしてますから」

「クジラ獲りの船が出るかね？」

「いやあ、クジラを獲れる漁師は、江戸にはそうはいませんから。それより、八蔵があちこち動き回ってましたよ。あいつが船を出すんじゃねえですか？」

「やれるのか？」

江戸にも大勢の網元や漁師がいる。いくら八蔵でも、勝手なことはできないのではないか。

「そこは漁師上がりだけあって、方々に顔が利くんですよ。いまは、客を集めているんじゃねえですか」

「なるほどな」

魚之進は、どうするか相談するのに、奉行所にもどった。

まずは与力の安西佐々右衛門に伺いを立てると、奉行の部屋まで連れて行かれ、そこでまた事情を説明した。

「なるほど。それで、そなたはどうしたい？」

と、筒井和泉守は訊いた。

「なんとか八蔵が集める客のなかに潜り込みたいのです。もしかしたら、前の死人は八蔵がなにかしたのかもしれませんし、また、やるかもしれません」

「現場を押さえられるかもしれないのか？」

「うまくいけばですが」

「潜り込めるのか？」

「魔食会のほうから頼めないでしょうか？」

「よし、訊いてみよう。乗るのはそなただけか？」

「一人だと手が足りないかもしれません」

麻次がいいか、本田にするか。咄嗟《とっさ》には決められない。

「わかった」

と、筒井はすぐに、筒井家の若い家臣を動かした。

奉行所の内部もなんとなく慌ただしくなっている。御船手《おふなて》組なども打ち合わせて、奉行所からも警戒の人員を出すのだろう。

同心部屋で待機していると、本田も誰かに訊いたらしく急いでやって来て、

「月浦。クジラが来たんだってな」

「ああ」

「まさか、クジラの活きづくりを？」

「やるらしいぞ」

「それで、お前は？」

「いま、その船に乗れるように、お奉行に手配を頼んでいるところだ」

「そうか、乗るのか？」

「ああ」

「月浦。おれも行かないとまずいよな？」

本田が不安げに訊いた。頼むと言えば、いっしょに乗り込んでくれるだろう。だが、麻次とどっちにするか、急いで考えて、

「お前、おいらより泳ぎが下手だったろう？」

「まあ、得意ではなかったわな」

「だったら、急いで、潜りの八蔵と、それから前の事故で死んだ札差の伊東屋銅右衛門と、海苔問屋の芝屋松右衛門、この三人の裏を探っておいてくれないか？」

「裏？」

「おいらは、この二人は八蔵に殺された気がするんだ」

「わかった」

暮れ六つ近くなって、筒井から呼び出された。

「月浦。手配は済ませた。明日の九つ（昼十二時）に、小網町の末広《すえひろ》河岸から船が出る。二人分の代金を用意してある。それと、今回は内海だというので、久留米藩の深海慶三郎も乗り込むらしい」

「わかりました。ありがとうございます」

まさか、海の上の捕り物になるのか。

こんななりゆきは初めてのことで、魚之進は急に胸がドキドキしてきた。

六

火鉢の鉄瓶《てつびん》がちんちん鳴っている。

おのぶがその鉄瓶を持ち上げ、湯を食べ終えたばかりのどんぶりに注《つ》いだ。

今日の夕飯もうどんで、具は薩摩揚《さつまあ》げを刻んだのと、ネギとシイタケだった。

熱い湯をすすりながら、

「明日、クジラに近づくことになったんだ」

と、魚之進は言った。できるだけ軽い調子にしたかったが、語尾が震えてしまった。

おのぶの手が止まり、

「なんで？」

「クジラの活きづくりの件が、なにか怪しいのさ」

「外海に出るの？」

「いや、品川沖に迷いクジラが入って来たんだ」

「行くのは、一人だけ？」

「麻次もいっしょだよ」

しばらく沈黙があって、

「魚之進さんも活きづくりをやるの？」

と、おのぶは訊いた。

「もちろん、おいらはクジラに乗っかったりはしないつもりだ。でも、クジラが暴れるかもしれないし、殺しを止めるのに割って入ることもあるかもしれない。なにが起こるか、まったく予想がつかないんだ。おのぶも、お父上が八州廻りだから、そういう覚悟はできていると思うけど」

どうしても、自分の表情が暗くなるのがわかる。

「やあよ」

「なにが？」

「こんなに早く未亡人になるのは嫌」

おのぶはそう言って、魚之進を睨むように見た。

「そんなこと言ったって」

「死なないために、あらゆる努力をして」

「わかった」

「まず、海に落ちるかもな」

「あり得るかもしれないのね」

「泳げるの？」

「泳げるけど、こんな季節に海で泳いだことはないな」

「冬の海に落ちたときは、身体に脂を貯めてた人のほうが助かるって話は聞いたことがあるよ」

「ああ、そのほうが冷えにくいのかもな」

「いまから天ぷらをつくるわ。油いっぱい食べてって」

「もうご飯は済ましただろうが」

「それでも食べて」

「わかった」

おのぶはすぐに台所に立ち、ごま油の鍋を火にかけた。

「天ぷらを揚げようにも具がなかったね。そうだ。おにぎりが一つあったから、これも天ぷらにするね」

「おにぎりの天ぷらかあ」

それにまつわる事件も解決したことがある。

「あ、うめぼしも揚げるね」

「うめぼしの天ぷらかい」

生まれて初めて食う。

「それと、もらいものの饅頭があったから、あれも天ぷらにしよう」

おにぎりと、梅干しと、饅頭の天ぷらが並んだ。

これを嚙みしめながら食べる。どこかすっとぼけた、おのぶのやさしさを味わう。

これで本当に、海の冷たさがいくらか和らぐかもしれない。

そんな魚之進を見ながら、

「ねえ、海に落ちたとき、洗濯板のおかげで助かった人もいるって話も聞いたよ。洗濯板、持って行く?」

と、おのぶは言った。

洗濯板に乗っている自分を想像した。そんなものには、まだ桃のなかにいたころの桃太郎だって乗らないだろう。

「あんなもの持って行けないよ」

「だったら、なにか水に浮きやすいものは……そうだ、竹は水に浮くよ。六尺棒をつくってあげる。麻次さんの分もつくらなきゃ」

おのぶは、あれもこれもと考え始めたらしい。

七

翌日——。

おのぶは出かける前になって、

「やっぱり、これも付けていって」

と言い出し、板を何枚か、紐《ひも》で結んだものを、腹巻みたいにくっつけられた。

「みっともなくないか」

「誰も気にしないよ」

麻次の分もつくってあって、役宅まで来たところに、

「はい、これ」

と、押しつけた。

「樽でしょうよ、これじゃ」

「ぶつぶつ言うと、そこに金の字も書いちゃうよ」

「かなわねえな」

さらに、二人とも竹の六尺棒も押しつけられた。

末広河岸まで来ると、かなりの人だかりができていた。

「あれがクジラ獲りの船みたいですね」

その船は思ったより小さく、細身の二丁櫓《ろ》になっている。二人が櫓を漕《こ》ぐだけでなく、四人の漁師も櫂《かい》を使って、速さを上げるらしい。じっさい、船を出したかと思うと、凄まじい速さで大川のほうへ出て行った。

魚之進が乗るのは、もちろん別の船で、こちらは屋形船になっている。八蔵と子分数人を別にして、客はざっと十四、五人というところか。

八蔵が帳面を持ち、客を確認している。

魚之進と麻次を見て、

「なんで旦那たちが乗るんですか？」

と、訊いてきた。

「おいらは味見方といって、江戸の食いものの動向を探ってるんだよ。こういう催しは、しっかり検分させてもらわねえとな」

「お代はいただきますぜ」

「ああ、持ってきてるよ」

一人につき二分《ぶ》（六万円）も取られた。クジラの肉の儲けは漁師たちのものになるのだろう。

「活きづくりも召し上がるんですか？」

八蔵は訊いた。

「そのつもりだがな」

おのぶには、クジラには乗らないと言ってきたが、やはりいざとなれば、乗らないわけにはいかないだろう。

「海に落ちても知りませんぜ」

「そんなときに備えて、ほら」

と、腹をめくってみせた。

「おや、木の腹巻ですか。あっしもしてますぜ、ほら」

チラリと見ると、魚之進のものより、立派な腹巻になっている。

「潜りの八蔵は、泳ぎは得意なんじゃないのか？」

「潜りは得意ですが、泳ぎはそれほどでもねえんですよ」

「なるほどな」

「じゃあ、せいぜいお気をつけて」

と、次の客のところに移って行った。

八蔵が、客から代金を徴収し終えると、こっちの船も岸を離れた。

大川から江戸湾へと漕ぎ出して行く。

空は晴れ渡り、風も昨日より暖かい。これなら、万が一海に落ちても、凍え死ぬことはなさそうである。

「よう、味見方」

と、久留米藩の深海慶三郎が声をかけてきた。

「これは深海さま」

「さすがだな。こんなところまで探索に来てるのか」

「死人が出ていると聞いたものでして」

「そうらしいな。だが、内海ならそう危険なことはあるまい」

「だといいのですが」

「月浦は、クジラを見たことはないのか？」

「昨日、遠くから見ました。なるほど大きいものだと驚きました」

「そうか。わしは、九州の海で何度も見ている。あれは素晴らしい生きものだぞ」

「魔食の名にも値しますか？」

「そうだな。部位と料理法にもよるがな。もっとも、わしの一存で評価を下すわけにはいかぬのさ」

「ははあ」

なんせ、魔食会には、ご老中や、有名な絵師や戯作者まで入っているというのだ。

そこへ——。

「旦那、ちょっと」

と、麻次が身体を寄せてきた。

「どうした？」

「あの、船尾のところで茶色の縞《しま》の着物を着たのがいますでしょう」

「ああ、誰だ？」

「本石町に住む金貸しの長吉《ちょうきち》です。金貸しというより、じっさいはやくざですがね。あいつに取り立てられて、結局、根こそぎ財産を奪われたのが、何人もいます。もう四、五年前から金貸しはよせと、奉行所からもお叱《しか》りを受けているんですが、裏に回っちゃつづけているんですよ」

「もしかして、八蔵の今度の狙いはあいつかもしれないな」

「とくに気をつけておきます」

麻次は、長吉のそばに近づいて行った。

クジラが見えて来た。

野次馬の舟もいるが、数は少ない。

「今日は暴れるかもしれないから、寄るんじゃねえ」

と、追い払われているらしい。

先に出たクジラ獲りの船が、クジラのすぐ近くまで寄っている。クジラはほとんど動いていないように見える。

「だいぶ弱ってしまっているな」

と、深海が言った。

「そうですか？」

「ああ。外海を泳ぐクジラは、あんなものじゃない。ざあざあと音を立てて泳ぎ、宙に飛び上がったりもする。あの巨体の、全身が海面から離れるさまなどは、凄まじい迫力だ」

「へえ」

それは魚之進も見てみたい。

深海が耳を澄ますようにした。

「どうしました？」

「クジラが鳴いている」

「そんな馬鹿な」

「ほら」

魚之進も耳を澄ました。

風の音のようにも笛の音のようにも聞こえるが、

「ほんとだ。まるで、悲しくて泣いているみたいですね」

「たぶん、悲しいんだろうな」

「ああ、切ないですね」

魚之進は胸が詰まった。

ついこのあいだまでは、深海が言うように外海を豪快に泳ぎまわっていたのが、なにが原因だったのかはわからないが、いまはこうして内海のなかに迷い込み、その命はまもなく尽きることになる。

「行くぞ！」

「あ」

羽刺しが大声とともに銛を打った。

一本だけではない。二本、三本と打ち込んで行く。最初は小さくて細い銛だったが、だんだん長く太い銛になっていった。黒いクジラの背中から赤い血が流れ出すのも見えている。

その光景を見ながら、

「あれで、弱っていくんですか？」

魚之進は深海に訊いた。

「ああ、まもなくとどめを刺すよ」

「とどめを？」

「薙刀《なぎなた》みたいなやつで、どこか急所をえぐるんだ。それで、動かなくなったところで、岸まで引いて行くのだ」

そこで、部位ごとに解体されるのだろう。

客の乗った船も、クジラのすぐそばまでつけられた。

「よおし、もう大丈夫ですぜ！」

八蔵がそう言って、最初にクジラの背に取りつき、鉤《かぎ》を打ち込むようにしながら、いちばん高いところまで上り切ると、杭《くい》をクジラに打ち込み、それに縛った縄を、こっちの船に向けて放った。

「縄を摑みながら、上がって来てくださいよ！　一人ずつ、ゆっくりですぜ」

「よし。わしが最初だ」

と、深海慶三郎が上がった。

八蔵に手伝ってもらいながら、クジラの背――さすがにうまいところがわかっているらしく、だいぶ尾に近いあたりから肉片を切り出し、それを口にした。

「うん、魔味《まみ》だ！　脂《あぶら》はとろけるようだ！」

大声で言った。

それから順番にクジラの背に上っては、降りて来る。

五番目くらいに長吉が並んでいた。

その後ろに麻次がいたが、

「替わってくれ」

と、魚之進が並んだ。

長吉の番が来た。縄を摑み、滑《すべ》るクジラの腹から背中へと、攀じ登って行く。

「こっちのほうがうまいぜ」

と、八蔵が言い、二人の姿が見えなくなった。

しばらくして、

「あーっ」

という短い悲鳴が聞こえた。

「まずい」

魚之進は、慌てて攀じ登るが、足が滑って、なかなか速くは登れない。やっと背の上に辿り着いたが、二人の姿はない。反対側の下でばしゃばしゃと水音がした。

「麻次、おいらは飛び込むぞ!」

下の麻次にそう言ってから滑るように海へ飛び降りて行った。

それからあとのことは、魚之進は無我夢中で、ほとんど覚えていない。

八

客船が末広河岸に着いたときは、すでに夕暮れが迫りつつあった。

おのぶが駆け寄って来た。

乱れた髷《まげ》や濡れた着物を見て、海に落ちたことにはすぐ気づいたのだろう。

「まったくもう」

と、泣きそうな顔になった。

「これのおかげで助かったよ」

魚之進は、木の腹巻をぽんぽんと叩いた。

「うん。無事でよかった」

「まだ、奉行所に行かなくちゃならないんだ」

いろんな相談をしなければならない。

また、一人、溺れてしまった。溺れたのは金貸しの長吉で、冷たい海でもがいていた魚之進と八蔵は回り込んできた客船に助け上げられた。長吉は、しばらく名を呼んでいたが、ついに見つからなかったのだ。

だが、あれはおそらく事故ではない。八蔵が長吉を殺したのだ。殺して海に沈めたのだ。その現場を見ることはできなかったが、きっとそうに違いない。とはいえ、いま、ここで八蔵を捕縛するわけにはいかない。なんの証拠もないのだ。

――おいらはそれを明らかにしなくちゃならない。

「じゃあ、温かいものつくっとくね」

おのぶの声に、ハッとなった。

「ああ、楽しみにして帰るよ」

おのぶを帰らせ、魚之進たちも奉行所にもどると、本田が待っていた。

「溺れたのか？」

と、本田が訊いた。

「海に浸かったけど、溺れてはいない。だが、一人、金貸しの長吉という男が溺れていなくなった」

「そうなのか」

「おいらはそれを阻止することができなかった」

悔しさがこみ上げる。

「阻止ってことは？」

「殺されたに決まってる。八蔵のことは？」

「ああ、調べておいたぞ」

と、本田はうなずき、

「八蔵は最近、札差の〈佐野屋《さのや》〉とつるんでいてな」

「札差と？」

「札差といっても、名目だけで、実態は金貸しだ。しかも、かなりあくどいことをやっているぞ。百両貸して、千両の身代をもらうってのが得意技だ」

「なんで、そんなことができる？」

「借金を返せなくすればいいだろうが」

「それをやっているのが……」

「潜りの八蔵だ」

「証拠は摑んだか？」

「あいつが脅しているところを見た証人は、何人もお白洲《しらす》に連れ出せるよ」

「よし」

「しかも、お前が殺されたと睨んだ、伊東屋銅右衛門と、芝屋松右衛門だがな、こいつらは佐野屋と八蔵に輪をかけたような悪党だぜ。まあ、死んであれほど喜ばれているやつも、そうはいないと思うぞ」

「それほどか」

海獣屋もそのようなことは言っていたが、そこまでとは思わなかった。

「今日いなくなったのはどうなんだ？」

と、本田が訊いた。

「金貸しの長吉も、相当な悪党だったみたいだ」

だが、沈んでしまった。

海水の冷たさを思い出しながら、

「おかしいな」

と、魚之進は言った。

「なにが？」

「溺れたからといって、海なのにあんなに早く沈むか？　しかも、しばらく捜しても、浮いて来なかった」

「海だと、水死体は浮くか」

「ああ。おかしいだろ」

と、魚之進はしきりに首をかしげた。

「漁師に潜らせてみてください」

と、魚之進は、与力の安西佐々右衛門に懇願した。

「なぜだ？」

「長吉の遺体を引き上げます」

「上がるのか？」

「大丈夫です。思い出したことがあるんです。きっと見つけられます」

魚之進は、自信を持って言った。

「漁師が潜るか？」

「網元に頼みます」

以前、知り合った網元がいる。

「それに海女《あま》もかき集めます」

「もう水はかなり冷たいぞ」

「船の上で火を焚《た》かせ、上がったらすぐに暖《だん》を取れるようにしましょう。ほかに、潜るときに油を身体に塗らせるのもいいらしいです。もちろん、金もはずみます」

魚之進がそう言うと、安西は、

「おいおい、月浦、奉行所の資金はそんなに潤沢《じゅんたく》ではないぞ」

と、焦って言った。

「大丈夫です。札差の佐野屋と、潜りの八蔵をぶち込んだら、千両箱の五つや六つは押さえられますから」

「わかった。なんなら、わしも潜るか」

安西は、けっこうなお調子者である。

九

翌日――。

鉄砲洲《てっぽうず》の網元が集めた漁師と海女たちが、七艘の舟に分かれて乗り込み、品川沖へと向かった。もちろん、魚之進と麻次もいっしょである。

麻次は、朝早くに、潜りの八蔵と、佐野屋を、引っ立てて来ていた。その二人も、魚之進がいる舟に乗っている。が、まだ、お縄をかけるわけにはいかない。

昨日、クジラを仕留めたあたりまで来た。もちろんクジラは、すでに築地《つきじ》の河岸につけられ、夜通しかけて解体の作業がおこなわれたらしい。

「なにをなさる気ですか?」

八蔵は憤然となって訊いた。

「長吉の遺体を引き上げるのさ」

「だったら、ここらを探しても無駄でしょう。江戸湾は大きく渦を巻いてるんですぜ。いまごろは富津《ふっつ》のあたりか、外海に出ちまってますよ」

「いや、遺体には鉄の輪が巻かれてあるんだ」

「鉄の輪？」

「お前がおいらに見せただろう。あれはお前の失敗だったよな。おいらはチラッとだが、ちゃんと見たんだ。木の腹巻を締めつけていたのは、鉄の輪だった。あのときは気づかなかったが、あとで思い出したんだ。あんたは、助け上げられたとき、あの腹巻はもうなかったよな」

魚之進は、繰り返しあのときの光景を頭のなかで再現し、やっとそのことに気がついたのだ。

「落ちたはずみで壊れたんですよ」

「違う。あれは外せるようになっていて、鉄の輪で長吉を殴り、さらに巻きつけるかしたんだろうが」

「なにを証拠に」

「その証拠をいまから、引き上げるんだよ」

八蔵の表情は変わらない。

漁師と海女は、繰り返し、海底へと潜りつづけている。途中、舟の上の火鉢で暖を取り、また、冷たい海へもどって行く。

そんなようすを見ながら、

「しかし、旦那も野暮だね」

と、八蔵は言った。

「野暮だって？」

「まあ、証拠が上がらなければどうしようもないでしょうが、よしんばあっしがあの三人を殺したとしますよ。あの三人が死んで、どれくらい喜んだやつがいるか、ご存じないでしょう？」

「いや、そういう話は聞いてるよ。悪いやつらだったみたいだな」

「やくざのあっしが言うのもなんですが、あいつらはやくざの下、少なくともやくざは、仁義だの、義侠心《ぎきょうしん》だのと言われると、それには背《そむ》きたくねえって思いますぜ。あいつらは、そんなものも、これっぽかりも持っちゃいねえ。ほんとに金のためなら、なんだってやるというやつらだった。それを町方は、いままで見逃してきたんじゃねえですか」

「………」

痛いところを突かれている。

「もしも、あっしがやったとしたらですぜ、黙って見逃してやるのが粋《いき》なお役人じゃねえのかって思いますがね」

そうなのか。

ワルがワルを懲《こ》らしめるのは、よしとすべきなのか。

——そんなはずはない。

と思っても、自分の度量の狭さ、人間の小ささを見せつけられたようで、胸が痛い。


陽が傾きつつある。

「旦那。底はだいぶ暗くなってきました」

網元が言ってきた。

「だろうな」

すでに海の色が違っている。

「しかも、今日はシャコがずいぶんいましてね」

「それがどうかしたかい？」

「シャコってのは、土左衛門だのが大好きでしてね。食っちまうんですよ」

「ああ」

それは聞いたことがある。そのシャコは、魚之進の好物でもある。シャコを食うのは、魔食なのかもしれない。

「あんまり食われると、旦那がおっしゃった鉄の輪なんかも外れちまうかもしれません」

「だろうな」

「明日は、もっと人を集めますので」

「今日は終わるか？」

魚之進が訊いた。

ちらりと、船尾のほうにいる八蔵を見ると、話の中身がわかったのか、やけにニタニタしている。明日はもう、見つけられるのは、シャコに食われた骸骨《がいこつ》くらいかもしれない。

そのとき、すぐわきでぷかりと浮き上がってきた男が、

「いました」

と、言った。

「いたか」

魚之進の声は弾んだ。

「いま、引き上げてきます」

海に目を凝らすと、別の二人がそっと男の遺体を海の底から持ち上げてきた。

「長吉だ」

魚之進が言うと、

「鉄輪もついてますね」

わきで麻次が言った。

魚之進は、八蔵を見た。

うちのめされてなどいなかった。不敵な笑みを浮かべてこっちを見ている。さも、

──町方がやらねえから、おれが成敗してやったんだろうが。

と、言いたげではないか。

このままだと、気持ちが八蔵に負けてしまいそうである。いつまでも、自分の狭《きょう》量《りょう》さを引きずりそうな気もする。

──冗談じゃない。おいらには、善良な江戸っ子たちが味方をしてくれているんだ。

魚之進は、海の上を見回し、

「皆、お手柄だ！　あんたたちが悪党の尻尾を摑んだんだ。ありがとよ」

と、叫んだ。すると、漁師や海女たちから、

「うぉーっ」

「やったぜ！」

あちこちから歓喜の声が湧き上がった。

本書は、講談社文庫のために書き下ろされました。

|著者|風野真知雄　1951年生まれ。'93年「黒牛と妖怪」で第17回歴史文学賞を受賞してデビュー。主な著書には『わるじい慈剣帖』(双葉文庫)、『姫は、三十一』(角川文庫)、『大名やくざ』(幻冬舎時代小説文庫)、『占い同心 鬼堂民斎』(祥伝社文庫)などの文庫書下ろしシリーズのほか、『卜伝飄々』(文春文庫)などがある。『妻は、くノ一』は市川染五郎の主演でテレビドラマ化され人気を博した。2015年、「耳袋秘帖」シリーズ(文春文庫)で第4回歴史時代作家クラブシリーズ賞を、『沙羅沙羅越え』(KADOKAWA)で第21回中山義秀文学賞を受賞した。「この時代小説がすごい! 2016年版」(宝島社)では文庫書き下ろし部門作家別ランキング1位。絶大な実力と人気の時代小説家。本作は「隠密篇」「潜入篇」に続く「味見方同心」シリーズの第3弾。

魔食《ましょく》 味見方同心《あじみかたどうしん》(一) 豪快《ごうかい》クジラの活《い》きづくり

風野真知雄《かぜのまちお》

2023年12月15日第1刷発行

発行者——髙橋明男
発行所——株式会社 講談社
東京都文京区音羽2-12-21 〒112-8001
電話 出版 (03) 5395-3510
販売 (03) 5395-5817
業務 (03) 5395-3615

Printed in Japan

講談社文庫

定価はカバーに表示してあります

KODANSHA

デザイン—菊地信義
本文データ制作—講談社デジタル製作
印刷———株式会社KPSプロダクツ
製本———株式会社国宝社

ISBN978-4-06-533994-7

講談社文庫刊行の辞

二十一世紀の到来を目睫に望みながら、われわれはいま、人類史上かつて例を見ない巨大な転換期をむかえようとしている。

世界も、日本も、激動の予兆に対する期待とおののきを内に蔵して、未知の時代に歩み入ろうとしている。このときにあたり、創業の人野間清治の「ナショナル・エデュケイター」への志を現代に甦らせようと意図して、われわれはここに古今の文芸作品はいうまでもなく、ひろく人文・社会・自然の諸科学から東西の名著を網羅する、新しい綜合文庫の発刊を決意した。

激動の転換期はまた断絶の時代である。われわれは戦後二十五年間の出版文化のありかたへの深い反省をこめて、この断絶の時代にあえて人間的な持続を求めようとする。いたずらに浮薄な商業主義のあだ花を追い求めることなく、長期にわたって良書に生命をあたえようとつとめるところにしか、今後の出版文化の真の繁栄はあり得ないと信じるからである。

同時にわれわれはこの綜合文庫の刊行を通じて、人文・社会・自然の諸科学が、結局人間の学にほかならないことを立証しようと願っている。かつて知識とは、「汝自身を知る」ことにつきていた。現代社会の瑣末な情報の氾濫のなかから、力強い知識の源泉を掘り起し、技術文明のただなかに、生きた人間の姿を復活させること。それこそわれわれの切なる希求である。

われわれは権威に盲従せず、俗流に媚びることなく、渾然一体となって日本の「草の根」をかたちづくる若く新しい世代の人々に、心をこめてこの新しい綜合文庫をおくり届けたい。それは知識の泉であるとともに感受性のふるさとであり、もっとも有機的に組織され、社会に開かれた万人のための大学をめざしている。大方の支援と協力を衷心より切望してやまない。

一九七一年七月

野間省一